持たざる者

金原ひとみ

集英社文庫

目次

持たざる者

Shu

三年前の自分を思い出す。その光景には幾重にもフィルターがかかっていて、既に正確な記憶ではなくなっている。あの頃の自分はと虚空《こくう》を見つめた瞬間、僕はその鮮やかな記憶に疑いを抱く。別に、そんな明るい人生を僕は歩んでいたわけじゃない。当時だってあらゆる苦悩や困難を抱えていたはずだ。でも同時に、もう僕の人生はどうやっても元には戻らない形に転んでしまったのだと思う。僕の世界はあんなにも光に満ちていた。あんなにも自信に満ちていた。あらゆるものを信じていた。僕は目に見える全てのものを把握し、頭の中に浮上し続けるあらゆる問いや疑問への答えを、容易に練り直しては思い通りの形へと作り上げた。完璧なコントロール感覚があった。世界を粘土のように、自分の手の平で作り替えているような気分だった。

あの時から、僕の粘土は形作られなくなった。拾い上げようとすればアメーバのように指の隙間から零れ落ち、払おうとすれば手にこびりつき、パンツの裾を濡らし、嘲笑うように飛びかかり僕の顔を緑色に染めた。まだらに緑色に染まった僕を慰める人はもういない。三年前、僕には慰めてくれる人がいたけれど、あの頃は慰めなんていらなかった。慰めの意味すら分からなかった。慰めは、女子供のためにあるものだと思っていた。世界は自分の手にあると思っていた。調子に乗っていたわけじゃない。それは単なるコントロール感覚の問題で、自分一人で完結した世界を生きている僕にとって、他人の慰めや評価など意味がないだけの話だった。

くだらない話をしている奴らを笑った。くだらない仕事をしている奴らを笑った。くだらない音楽を、本を、映画を、人を笑った。でも今の僕には、くだらないものとくだらなくないものの区別がつかない。あんなにも澄んで見えた世界は霞み、手に触れたものの形すらも把握出来ない。体中、五感が麻痺したように、今自分がどこにいるのかも自信を持って答える事が出来ない。僕に言えるのはただ一つ。僕はどこだか分からないここにいる。という事だ。

美しいものと美しくないものさえ見分けのつかないこんな自分が生きている意味などあるのだろうか。最初は、時が経てばまた全てがうまく回りだす、これは必要な期間なのだと自分に言い聞かせてきた。でももう二年半だ。二年半、回復すると思っていた視力は全く回復せず、むしろ世界はより曇ったようにさえ感じられる。

散らかった部屋に寝そべると、背中に痛みが走る。背中の下から書類用のクリップを取り出すと、壁に投げつけた。ぴしんと音がして、クリップは床に落ちた。続けて、背中でがさがさと音をたてるスナック菓子の袋も引っ張り出す。天井を見つめ、ゆっくり目を閉じた。学生時代を思い出す。あの頃、一人暮らしをしていた部屋も六畳一間の安アパートだった。でも、自分にあったのは全能感と欲望と好奇心だった。今の自分には、不能感と憂鬱しかない。欲しいものもない。知りたい事もない。やりたい事もない。食べたいものもない。何もない。ただ本能に任せて仕方なく食べ物を食べ、排泄し、寝て、頭に不快感を感じるようになったらシャワーを浴びる。オナニーの回数も減った。

24時間営業のスーパーの入り口で、買い物カゴを取り上げる。深夜二時、もう客は少ない。一人暮らし風の若い女の子や、くたびれたおじさんがお惣菜コーナーでパックを見比べているのに混ざって、僕も50％オフ、30％オフの張り紙と中身を確認していく。食べたいものがない。結局いつもと同じ、親子丼を手に取る。自分の少し前で惣菜を見比べていた一人暮らし風の若い女が手を伸ばした先を見て、僕は一瞬立ち止まる。呆然としたまま、だらんと下ろした手が持っているカゴにゆっくりと親子丼を入れる。一瞬、喉の奥で音が鳴った。僕は衝動に駆られていた。

馬鹿らしい。そう思って背を向けようとした瞬間、女が向き直って僕を見つめた。思わず目を逸らして、もう用のない惣菜の棚にまた視線を走らせる。

「あの、もしかして」

その女性の声に振り返る。胸が痛くなった。

「保田さんですか？」

「あ、はい」

「わ、すごい。私、今美大に通ってて、保田さんのこと、よく雑誌とかで見てて……。この間保田さんのデザインを題材にした講義を受けたばっかりなんです」

「そうなんだ、よく分かったね」

「すみません急に声掛けちゃって。あの、これからも保田さんの作るものを楽しみにしてます」

「ありがとう。君もがんばってね」

はい、と、彼女は笑顔で答えた。可愛くはないけれど、性格の良さそうな子だ。あか抜けなさを見ると、田舎から出て来たばかりなのかもしれない。

「君さ、それ」

「はい？」

「椎茸の」

「あ、はい。椎茸の肉詰め。夜食です」

「キノコ類は、セシウムを吸収しやすいから気をつけた方がいいよ」

「セシウム？　って……あ、放射能？」

「そう。セシウム137の半減期は三十年。筋肉に蓄積する」

あ、はい、と彼女は戸惑った表情で答え、分かりました気をつけます、と微笑んで小さくお辞儀をすると背を向けてレジに向かって行った。気をつけますって、結局買うんじゃないか。何であんな事言ってしまったんだろう。僕はしばらく立ち尽くしたまま、足を踏み出す事が出来なかった。

しばらくぼんやりした後、僕はビールとウォッカとナッツ缶をカゴに入れ、レジに向かった。帰り道で我慢できなくなり、ビールを飲み始めた。ごくごくと喉を鳴らして飲みながら、月を見上げる。何も欲しくない、何も楽しくない。でも、この生活の中で煙草と酒だけは、僕の満たされていない部分を僅かに満たしてくれる。僕の未来には、アル中と借金地獄とそれらがツーインワンしている地獄という三つの選択肢しかないように感じる。貯金はあと幾ら残っているんだろう。もうずっとしていない銀行の残高確認。今日も買い忘れたコンディショナー。もうずっと替えていないベッドのシーツ。目の前に立ちはだかるこれらの現実を見るだけで、もう僕は一生まともに生きる事なんて出来ない気がする。

ベッドに横になり、充電器に差したままだった携帯を手に取る。迷惑メールに埋め尽くされた受信ボックスの中に、代理店の名前を見つけて開くと一気にスクロールした。

仕事の内容に目を通すよりも先に、断らなきゃという思いが体中を駆け巡る。仕事が出来ないどころか、仕事の断りのメールすら書けない。今すぐにでも返事をしなければならないメールが数件溜まっているのに、また一つ増えた。メールボックスを開いた事を後悔しながら、LINEを開く。佐野から、この間公開した誰々の新作映画がどうのこうのというメッセージが一件と、友達申請が一件きていた。一瞬誰か分からずにアイコンと名前を凝視する。

「千鶴《ちづる》か」

呟くと、記憶が蘇った。申請許可をタップすると、Chi-zuという名前のアイコンが友達リストに追加された。最後に会ったのは四年以上前だったはずだ。四年前の自分を思い出そうとしている自分に気づいて、反射的に気を逸らそうと佐野のメッセージを表示させる。昔の事を思い出すと辛くなる。僕はこれまでにも何度もそうして無意識的に昔を思い出し、辛い思いをしてきた。ウォッカをコップに注いで飲む内に、煩雑なあれこれが頭から消えていくのが分かった。

痛む頭を庇いながら起き上がると、冷蔵庫の中の水を取り出して一気に飲んだ。じんとにじむ冷たさに顔を歪めながら、ベッドに戻って枕の下の携帯を取り出す。「久しぶり。元気?」というう千鶴からのメッセージに、「あんまり元気じゃない。千鶴ちゃんはまだフランスにいるの？」と返す。メッセージはすぐに既読になり、「今はシンガポール」と入って来た。シンガポール、と呟きながら、「いいね、君はグローバルで」と返した。「来週から東京に行くの。一時帰国」。海外在住の女の子が、一時帰国直前に、四年ぶりに連絡をしてきた。これは、飲みに誘えという事だろうか。誘う気にもなれずに、携帯を放り出したくなったけれど、今ここでメッセージを止めるのも変に勘ぐらせる気がして、もう一度手に取る。その瞬間、「会わない？」とメッセージが入った。躊躇《ためら》いを感じ取られない早さでいいよと一言入れると、簡潔に日時と場所についてのやりとりを数回して、じゃあねとメッセージを入れ合った。彼女の迷いのない態度に、僕は四年前も違和感を抱いていたような気がする。

森ビルを横目に見ながら六本木ヒルズを通り過ぎると、けやき坂沿いにあるバーに入った。あ、いらっしゃいませ、と声を掛けてきた店員は、僕の顔に見覚えがあるらしく親しげに微笑んだ。ラウンジ、二名で入れる？　と聞くと、ご案内致します、と彼女は柔らかい口調で言った。

「こちらでよろしいでしょうか？」

示された二人掛けのソファの周辺に視線を巡らせ、天井を数秒見つめた後、並びじゃない席で、と言うと、ではあちらのお席でと奥のテーブルを示された。

「ギネスください。食事はもう一人が来てから」

かしこまりました、と言って去っていくミニスカートの店員の後ろ姿を見つめる。この女性店員は、それを基準に採用しているのかと思うほど脚が長い。ここ最近家とスーパーの往復ばかりしていたせいで、久しぶりの六本木が粘度の高いシロップ地獄のように感じられる。不思議だった。僕が六畳一間のアパートに籠もりきり、完全に停滞している間も、六本木は通常運転で毎晩休む事なくこんな喧噪を演出し続けていたのだ。パラレルワールドに紛れ込んだような違和感だった。

周りの席は、テレビ局が近いせいか業界系が多く、コンパか何か分からないけれど、まだ八時だというのに既にお持ち帰りされそうなグラビア系の女の子たちの甘い声が花火大会のように絶え間なくあちこちから打ち上げられている。店の選択を間違えたかなと思いながらぼんやりと煙草に火を点ける。

約束の時間から十分過ぎ、二杯目のビールがテーブルに載った頃、千鶴の姿が見えた。軽く手を挙げる僕の姿を目に留めると軽く眉を上げ、こっちに方向転換をした。

「久しぶり」

「久しぶり。何だか、自信に満ちあふれて見えるね」

「何それ。変わってないよ」

「しかも四年前より綺麗になった」

「そう？　修人《しゅうと》くんは、何か角が取れた感じがするね」

全く嬉しくない感想に何と答えるべきか考えていると、ジントニックください、あと食事のメニューを、と店員に言って千鶴は僕に向き直った。

「久しぶり」

「二回目」

「修人くんに会いたかった」

「千鶴ちゃんて、結婚、まだしてるよね？」

「既婚女性が他の男に会いたかったって言うのは良くない？」

「日本に於いて、旦那以外の男に会いたかったって言うのは旦那に対する裏切り行為だね」

「修人くんは？　結婚したんだよね？」

「したけど、もうしてない」

「別れたの？　どうして？」

「長くなるよ」

「独身貴族再びか」

「二歳の娘もいる」

「うそ？」

「元妻が引き取ったけど。千鶴ちゃんは？」

「いないの。まだやりたい事たくさんあるし」

「そう。欲しいと思ってから作った方がいいよ。女の人は特に」

千鶴がメニューを見ながら、アヒージョがあるよとか、マグロのカルパッチョ食べたい、と次から次へとメニューを声に出していく。

「千鶴ちゃん、放射能気にしてないの？」

「放射能？」

「気にしてない様子だね」

「気にしてないね」

「海外在住者は意識が高いかと思ってたよ」

「フランスのスーパーの野菜って、馬鹿みたいに産地が入り交じってるのね。フランス、イタリア、スペインがメインだけど、ドイツ、ウクライナとか、タイ、モロッコなんかも結構あったかな。で、私はチェルノブイリの汚染が未だに残ってる食材があるって事を知らずに二年くらい生活してたの。フランスで何も気にせず好きなものを食べてきた私が、二年間汚染されたものを避け続けられたとは思えない。つまり、私の体は既に大なり小なり汚染されてる。そもそも今世界中で流通してる食材には、核実験の汚染やチェルノブイリの汚染が残っているものもたくさんあって、そこに福島から放出された放射能が加わっただけと考えれば、今更気にしても仕方ないって気にならない？」

「でも、チェルノブイリからは二十七年経ってる。福島の事故からはまだ二年だし、まだまだ汚染は止まってないんだよ？　垂れ流しなんだよ？」

「私一時帰国中なんだよ？　一時帰国中に天ぷらと寿司と焼き肉は絶対に食べるって決めてるの。これから美味しいものをたらふく食べようっていう私に放射能の話しないでくれない？　三年ぶりの帰国なんだよ？」

「悪かったよ。千鶴ちゃんはまだ子供産んでないから、心配しただけだよ」

「またそういう飯の不味くなるような事を……」

やっぱり、実際に子供がいる人と、子供をいつ産むか分からない人との壁は大きいのかもしれない。

「あ、そういえば、私の妹が放射能避難して、今イギリスに住んでるの」

「ほんと？」

うん。子供連れてね。と千鶴は答えて、マグロとカラマリのソテーは決まり、と続けた。体中がざわついた。

「旦那さんも？」

「シングル」

「一人で？　子供と？　何でイギリス？」

「うーん。そこまでは分からないな」

「英語得意なの？」

「私の知る限り、堪能ではないはずだけど」

「誰か、頼りに出来る人がいたのかな」

「分かんない。妹とそんなに密に連絡取ってるわけじゃないし」

「元気でやってるの？」

「分からないってば」

迷惑げというよりは、呆れたように千鶴は笑った。どうしたのと笑い声まじりに聞く千鶴に何と言っていいのか分からず、僕は薄く口を開けたまま黙り込む。僕の食べたいものに一言も言及しないまま、千鶴はジントニックを持ってきた店員に数品のメニューを注文した。何か食べたいものある？　とついでのように聞く千鶴に首を振る。

「あ、乾杯」

グラスを持ち上げる彼女に、ビールを持ち上げて乾杯、と呟く。

「僕が離婚したのは、放射能の事が大きかったんだよ」

え？　と顔を上げる千鶴に、震災と放射能問題がなければ、離婚してなかったかもしれない、と付け加えた。

仕事は軌道に乗っていた。ジャケットを手がけたアーティストの楽曲が三十万ダウンロード、CDの売り上げは十万枚を超え、カメラマンの友達と組んで作った新人俳優の写真集が、その俳優がドラマの主役を演じた事で突如十万部を突破し、あらゆる分野のデザインやディレクションの仕事が舞い込むようになった頃、僕と佐野の密着取材をしたいと番組制作会社から依頼があった。元々勤めていたデザイン事務所で七年働き、同僚だった佐野と独立してから七年目の時だった。三年目の時にアシスタントとして渡辺さんが入社してからはずっと三人で回していて、当時は目の回るような忙しさだった。あらゆる分野に手を広げた事もあって、事務所から打ち合わせ、打ち合わせから打ち合わせに向かうタクシーの中でも電話でどこかと打ち合わせをし、その電話の間に次の電話の内容を考えているような、自分が何の仕事をしているのか把握出来ないほどの忙しさで、今思えば取材には最適な時期だったのだろう。密着取材番組の反響は大きかった。どこへ行っても見たよと言われ、知らない人にも声を掛けられるようになった。一人バブルだねと、香奈は笑っていた。あのテレビの頃、彼女は妊娠中だった。何か恥ずかしくて見れないよと、胸に抱えたクッションに時折顔を埋めながら、香奈はテレビ局から送られた、僕らの出演した回のDVDをちらちらと見ていた。結婚一年目、妻は妊娠中、仕事もバブル、とにかく毎日が充実していた。忙しくて、寝れなくて、家に帰るとお腹の大きい妻が寝ている。三十五という年齢にも、仕事の内容にも、収入にも、香奈にも、人生のどんな些末なディテールにも、僕は満足していた。好きな物だけで揃えたインテリア、こだわり抜いた仕事部屋、事務所も一回り大きいフロアに移したばかりだった。育児本がださいと漏らす香奈のために、英語に訳したタイトルを背表紙に入れたモノトーンデザインのカバーを自作した。写真集のように美しいカバーに覆われた育児本をソファで読む香奈の姿に、僕は満足した。どんなに忙しくても妊婦健診には付き添い、両親学級にも参加した。徹夜で仕事をして、マッサージを受けて帰った後、こむらがえりを起こした彼女をマッサージした事もあった。でも、寝る時間がない事にも、疲れが取れないまま出勤する事にも、全く苦痛を感じなかった。それが生きているという事であって、忙しくない生活を送っている自分なんてもう想像出来なかったし、そんな自分は自分じゃないような気がしていた。

そして娘が生まれた。こんなにも新生児は小さいのかというショックの中で、僕が一番に抱っこした。それからは、本当に大変だった。僕も香奈も親とあまり付き合いがなかったために、二人であれこれ試行錯誤しながら、育児の形を模索し続けた。フレキシブルに来てくれるシッターも見つかり、定期的に家事代行を頼む事で香奈の負担を減らした。それでもほとんど家にいない僕のせいもあって、香奈が孤立した育児に疲弊しているのは明らかだった。佐野ともう一人アシスタントが必要だという話し合いを持ち、香奈にも新しいアシスタントが入ればもう少し時間が取れるようになるからと話していた頃、地震があった。

遥《はるか》も私も大丈夫。地震の直後に一言だけのメールが入ってすぐ、携帯が通信不能になった。帰宅難民になったものの、むしろその影響で打ち合わせが流れ、家に帰れるという喜びの方が強く、僕は二時間かけて歩いてマンションに帰った。香奈は良かったーと大きな声で僕を出迎えた。会社大丈夫だった？　歩いて帰って来たの？　エレベーター止まってたでしょ？　と質問攻めにする香奈に、遥はと聞くと、大丈夫だよ私地震が来た直後にお風呂場に籠もったのと言う。

「風呂場？」

「うん。トイレとかお風呂場が一番安全なんだって。ほら、落ちてくるものがないでしょ？　怖かったから一時間くらい、バスタブの中で抱っこしてたの」

そっかと言いながら、赤ん坊を抱いて浴槽にうずくまる香奈を思うと、胸が締め付けられた。

「良かったよ。とにかく無事で」

「修人も」

リビングのプレイマットに寝かされている遥を見て、僕はそれまでさほど心配していたわけではないのに、全身から力が抜けていくのが分かった。

「津波、知ってる？」

「津波？　ああ、警報が出てたよね。東北でしょ？」

「テレビとか、そっか見てないんだ。すごい被害が出てるんだよ。すごい津波」

点けっぱなしのテレビからは、アナウンサーたちが緊迫した表情で被害を伝える声が流れていた。すごいなと言いながら、リモコンでザッピングする。

「原発が電源喪失？」

「ああ、福島のね」

「大丈夫なのかこれ」

「大丈夫でしょ」

「もし爆発したら、ここも危ないんじゃないか？」

「ここ、東京だよ？　福島って、遠いでしょ？」

「近くはないけど、チェルノブイリの時なんかイタリアのパスタが汚染されてるって言われてたんだよ？」

「チェルノブイリとイタリアはどれだけ離れてるの？」

「それは……すっごく離れてるよ」

すっごくじゃ分かんないよと香奈は笑った。僕もつられて笑った。明日が土曜日で良かった。余震が続く中、僕は香奈と遥を見ながらそう思った。こんなにぐらつくマンションに妻子を残すのは不安だった。

千鶴はパスタをフォークに巻き付けながら「あの時私はフランスだったけど、やっぱり皆すごく混乱してた」と言った。

「駐在の人たちとか？」

「もちろん、日本人は皆、帰るとか帰らないとか大騒ぎだったたし、フランス人たちも、私を見ると家族は大丈夫なのかとか、通りすがりの人まで話しかけてきて、話しかけてこない人たちも、何かもの言いたげな顔で見てて」

「優しいんだね、フランス人て」

「世界中でそうだったと思うよ。駐在の人たちは圧倒的に関西関東が多いから、周りで家族に被害のあった人はいなかったけど、皆落ち着かなくて、一時帰国中に被災地にボランティアに行くって言ってる人もいたし、旦那の会社も、寄付金集めて送ったりしてたし、まあ日系企業はどこもやってたけど」

「そういえば、フランスで反原発デモやったりしてたよね。日本から見てても感動的だったよ」

「あの頃は、福島の事もよくニュースになってたよ」

「日本はもう駄目だよ。原発推進の党が政権執ったし、マスメディアも腐ってるし、日本人特有の事なかれ主義と僻《ひが》み文化で言いたい事も言えない世の中だよ」

「修人くん、そういう事言う人だった？」

いや、と呟いて、ビールを飲み干す。別に今だってそういう事言う人じゃない、と続けると千鶴は不思議そうな顔で首を傾げた。

「千鶴ちゃんは日本にいないから、話してもいい気になってるだけだよ。日本に住んでる人に原発とか放射能の話すると皆嫌がるからね」

「ねえ、修人くんは、これから日本で人がばたばた死んでいくと思ってるの？」

千鶴は半ば呆れたように笑いながらそう言った。

「何が起こるか分からないと思ってる」

「でも、皆普通に生活してるんでしょ？」

「そうだね。チェルノブイリ原発事故による死者数は三十三人から百万人まで諸説ある」

「そんな、どうやっても測れないような事に構ってられないでしょ。日本人は世界一忙しいんだから」

「僕も事故当時に海外にいれば、そういう風に割り切れたのかな」

「修人くんみたいな人って周りにいる？」

「何人かはね。知り合いでも何人か関西に移住したし、原発事故後、外出時に必ずマスクと眼鏡と手袋をつけてた女の子がいたよ」

「気が狂いそう」

「三ヶ月、いや、五ヶ月くらい、マスク眼鏡手袋してたかな。でも彼女はある日突然、ぱったりと気にするのを止めたんだ。出版社に勤めてる子だったんだけど、打ち合わせで久しぶりに会ったら、マスクも眼鏡も手袋もしてなくて、どうしたの？　って聞いたら、もう止めたんです人生楽しむ事にしたんです、って」

「真夏にマスク眼鏡手袋じゃ、周りからも変人扱いされてたんだろうね」

「彼女は、あれこれ気にして怖がってた頃よりもずっと幸せそうでさ、ほんとになんていうか、きらきらしてたんだ。でも僕は彼女が怖かったよ。人生楽しむ事にしたんですって、つまりどうせ死ぬんだからって事じゃない」

「例えば、病気の人が自分の余命を宣告されて絶望してたのが、余命の間に色々楽しんでから死のう、って思い直すのは怖い事？」

「生きたいと思ってない人が、僕は怖いんだ。もちろん僕だってマスクも手袋もしてなかったし、食事だって今となっちゃ移行係数の高いものを避けるくらいの事しかしてないよ。でもさ、僕は開き直りとかとは違うんだよ。今自分に出来る事をしてるだけなんだ」

「彼女も、今自分に出来る事を考えた結果、今を楽しむ事にしたんじゃない？」

「そういう人、けっこういたんだ。すごい怖がって気にして、避難するしないで家庭内で揉めたりして、最終的に惚けたようにもういいやー、ってなる人。もう気にしない事にするわ、って、一瞬で恐怖が終わるんだよ。逆に言えば、放射能っていうのは、気にしなきゃそれで終わり、存在してないも同然、て事だ」

「外に出たら交通事故に遭うかもしれない、家の中にいても飛行機が突っ込んで来るかもしれない、人は生まれた瞬間にいつか死ぬっていう運命を負うわけだよね。私は交通事故に遭わない、そう思わなきゃ外には出れない。これはもう精神性っていうか、気持ちの問題だよ」

「相手は車でも飛行機でもなく煙草でもなく放射能だよ？」

「戦争もあった。原爆も落とされた。今も世界中で紛争やテロが起こってる。人間が人間の愚かさによって死んでいくのは今に始まった事じゃないでしょ」

「もちろんそれは世の常だよ。でも自分の子供に何かあった時に、あの時ああしていればと思う点を出来るだけ少なくしておきたいと思うのはごくごく自然な発想じゃないか？」

「修人くんは奥さんに、何か強要したの？」

僕が人に何かを強要するわけがないよ、笑いながら答えると、千鶴は不敵に笑ってカラマリのソテーにフォークを突き刺した。

「強要しない人って、強要しない事で何かを強要していたりするものでしょ」

　遥がこういう女になったらいいなと、千鶴がカラマリをほおばる様子を見ながら思った。甘ったるい声を出して男にしなだれかかる女の子たちをバックに、千鶴はどんどんカラマリを口に運んでいく。グラビア飲み会の反対側を見ると、広いソファ席に八人ほどのやはり業界人らしきグループが飲んでいる。三人の五十代ほどの女を、二十代か三十代前半辺りの男たちが接待しているようだった。もう私みたいなおばさんは、と言う女に、そんな事ないですよ俺マリさんと超ヤリたいです、と男が言って場を沸かせている。男たちは、やはり業界の人間に見える。一体何の会だろう。

「修人くんてそういう人だよね。君の好きにすればいいって言いながら、相手に自分の思い通りの選択をさせてる。今までそうやって、色んな女の子に誘わせてきたんでしょ？」

「僕がそうさせたわけじゃない」

「君は自由だ君に決定権がある、そう言いながら、自由も決定権も奪ってる」

「自由と決定権は人に奪われるものじゃない。それらは常に自ら放棄するものだよ」

「じゃあ彼女たちは、どうして生きていく上で必要なその二つを放棄したの？」

「僕は自由と決定権を放棄した人間が何者かの犠牲者であるとは思わない。自分の人生のイニシアチブを取っていけない人間は、会社か結婚相手の奴隷にしかなれない。そういう家畜同然の人間を、僕は人間としてカウントしない」

「修人くんは家畜同然の女と寝てきたの？」

「僕は、自由と強さを兼ね備えた女性と付き合ってきたつもりだよ」

「自由で強い女性と離婚した理由は？」

言葉に詰まって千鶴を見つめる。千鶴だったら、あの時どうしたのだろう。幾度となく僕は考えてきた。香奈ではなく、この人だったらどうしたのだろう、他の誰かが妻だったら、どうなっていたのだろうと。


三月十四日だっただろうか。それとも、十三日だっただろうか。知り合いから電話が入った。大学時代の友達で、三年以上会っておらず、一年以上連絡すら取っていなかった彼は、保田くん子供ができたって聞いたけどと唐突に切り出した。今二ヶ月の娘がと言うと、子供だけでも西に逃がした方がいいと彼は続けた。逃がすべきなのかどうか、ずっと思案し続けていた僕は慌ててネットで関西のホテルを探した。一週間でも、二週間でも、数日だけでも、とにかく逃げられるだけ逃げた方がいい、彼の言葉が頭に響き続けていた。鳥肌が立って、どんどん口の中が渇き、後頭部が痺れたようにじんとしていた。今すぐ荷造りしてと言う僕に、香奈は目と口を開け放して固まった。

「なに言ってるの？」

「遥を連れて西に行ってくれ」

「……原発のこと？」

「そう。僕は行けないんだ。今週大きな仕事がある。それは変更出来ない。でも絶対に次の土日には行くから、それまでだけでもいいから行ってくれ」

香奈は事情を呑《の》み込めないのか、口を開けたまま穴が空くほど僕の顔を見つめた。

「そんなの、無理だよ。どうするの？　遥連れて、ホテルに泊まるの？　遥、まだ二ヶ月の赤ちゃんだよ？　新幹線に二人で乗るの？　そんなの無理に決まってる」

「大阪でも京都でも、一緒に行くよ。ホテルのチェックインまでは一緒に行くから」

「止めてよ何で急にそんな事言い出すの？　訳分からないよ。私一人で遥と逃げるの？　そんな事出来るわけないよ。ここで生活してたって、慣れない育児と寝不足で倒れそうなのに、見知らぬ土地でホテル暮らししろっていうの？　二ヶ月の赤ちゃんと？」

「落ち着いて聞いてね。さっき電話があったんだ。東京電力に勤めてる僕の友達で、子供だけでも西に逃がせって言ってた。どういう意味か分かるよね？」

香奈は愕然とした表情を浮かべ、黙り込んだ。

「……でも、哺乳瓶の消毒とかもしなきゃいけない、調乳用のポットは？　ホテルにキッチンなんてないよ？　どうするの？　遥と二人で、ずっとホテルに籠もってるの？」

「落ち着いてよ。哺乳瓶の消毒とか、調乳用のポットも持って行けばいい。僕が全部持つよ。大丈夫。足りないものがあれば僕がすぐに送る。ホテルにいるのが辛かったら、この間買ったベビーカーで散歩に行けばいい」

「二ヶ月の赤ちゃん連れて散歩なんて、すごく大変なんだよ。私、ようやくこの辺歩けるようになってきたばっかりなのに」

「この間買ったプレイマットを持って行こう。遥すごく気に入ってたじゃない」

泣き始めた香奈を慰めてやりたかったけれど、ホテルを取らなきゃいけないし、新幹線のチケットも取らなきゃいけなかった。そもそも、東京駅は大丈夫なんだろうか。パニックになってやいないだろうか。東京電力の友達は、さして仲の良い友達というわけではない。僕にまで連絡してくるという事は、きっと片っ端から子供のいる知り合いに電話を掛けまくっているに違いない。そうやってどんどん情報が広まり、水面下で混乱が起こっている可能性もなくはない。僕も、知り合いに情報を回した方がいい。少なくとも、子供のいる家庭には連絡しなければ。これまでずっと、一人で悶々と考えているだけだった原発問題は、後ろ盾が出来たおかげで、すっかり誰に伝えてもいい話に置き換わっていた。

「ちょっと待って。行くのはいいよ。もう仕方ないよ。でも、修人はどうするの？　修人は東京にいて大丈夫なの？」

「放射能は、大人より子供に、男より女に強く影響が出る。僕と香奈だけだったら避難なんて言わないよ。気がかりなのは遥の事だけだよ。友達も、子供だけでもって言ってた」

「だけでもって事は、出来る事なら大人もって事でしょ？」

「僕は行けないよ。来週、奥山透の企画の打ち合わせがある。奥山透本人も来る。僕がこれに出なかったら、代理店からの仕事はゼロになる。香奈、聞いて。これは念のための避難だよ。何が起こるか分からない。だから念のために避難しておく。避難して何もなかったら良かったね、避難して何かあったら、避難しておいて良かったね。その程度の事なんだよ。もっと気楽に考えて」

「気楽になんて考えられない！　遥が熱出したりしたらどうするの？　私がまた乳腺炎になったら？　土地勘もない、誰も知り合いのいない街のホテルに泊まって、何日もそこで二人で過ごすの？　今日だって私、細切れにしか寝てないんだよ。昨日修人が寝てる間に私が何回授乳したか知ってる？　私がどれだけ育児に追いつめられてるか知ってる？　分からない事だらけで、出来ない事だらけで、もうどうしたらいいのか分からないの！　今にも壊れそうな状態で必死に育児してるのに、これ以上私の負担を増やすっていうの？」

香奈はヒステリーを起こし始めていた。このまま激昂《げきこう》させたら、避難どころの話ではなくなってしまう。産後、そもそも慣れない育児で心身共に参っている中で大震災に直面し、余震の続く中津波と地震と原発の映像を繰り返し見続け、食料やミルク、オムツの買い占めなどのニュースもあって、既に精神的に摩耗している部分があったのだろう。

「今が戦争中でさ、どっかの国が空爆を仕掛けてくるって聞いたら、逃げるよね？　皆さ、どんなに子供が小さくても、おんぶして逃げるよね？　放射能は目に見えないし、もしこの先遥が病気になったとしても、それが放射能のせいかどうか判断する事は出来ないよ。でも危険があるかもしれない所に、出来るだけいさせたくないと思うのは当然だよね？　もし香奈が、本当に絶対無理だって言うなら仕方ないよ。それだったら家にいよう。窓を目張りして、家にいればいい。香奈の気持ちを無視して、一人で先走ったのは悪かったよ。香奈が出来るか出来ないか、まずそれを考えよう。まず、心配なのは遥の事だよね？」

　頷く香奈に、オムツもミルクも僕が全部持って行くし、足りなくなりそうだったらホテルに届くように僕が送る、ベビーベッドはホテルに貸し出しをお願いするし、ミルクが作りやすいように、キッチン付きの部屋がないか探してみるよ、と次々提案していく。香奈がうんと言わなければ遥を逃がせないという切迫感に、僕も必死だった。でも、話している内、香奈は遥が被曝《ひばく》する事が怖くないんだろうかという疑問がぐるぐると胸に渦巻き始める。被曝の危険性なんて僕にも分からない。どんな被害が出るのかも、はっきりとは分からない。でも東京電力に勤める友達が逃げた方がいいと言うのだから、きっと逃げた方がいいに違いない。何故彼女は、遥と二人でホテルに泊まる事をそこまで怖がるのだろう。話しながら僕は、香奈の事が理解出来ないもやもやとした気持ちが肥大していくのを感じていた。

「本当に辛かったら帰って来ればいい。その時は、何とかして時間作って、迎えに行くよ。もう駄目無理って時は、連絡して。そうだ。僕の叔父が一人大阪にいるんだよ。もし何かあった時は、病院とか、色々紹介してもらったり出来るかもしれないし……」

「そんなの嫌！　どうしてそんな見ず知らずの人に世話にならなきゃいけないの？　気持ち悪い！　修人はどうして私の気持ちを分かってくれないの？　どうしてこの苦しみが分からないの？　そんな見ず知らずのおじさんに、二ヶ月の遥を抱えて会いに行けっていうの？」

「そんな事言ってないよもしも何かあった時のために、連絡しておいてもいいかも、って、それだけの事だよ。香奈、頼むよ落ち着いて話してくれ。今、香奈が精神的にも肉体的にもナーバスになってる時だっていう事は分かってる」

「ナーバスなんかじゃない！　私は正気だよ！」

香奈は言い切るや否や両手で顔を覆って大声で泣き始めた。僕はもう、何を言ったらいいのか分からなくなって、頭を抱え込んだ。ただただ、安全な場所にいてもらいたい。一号機が爆発して、他の炉もまだまだ爆発しそうだという時に、少しでも原発から離れたいという気持ちは香奈には全くないのだろうか。ひとしきり泣いた後に、行けばいいんでしょと香奈は絶叫した。行くよ！　そうしなきゃ修ちゃんが私を軽蔑するから！　子供を守らないひどい母親だって思われたくないから！　そう叫んで、香奈はリビングを出て行った。寝室からがたがたと大きな音がして、香奈が荷造りを始めたのが分かった。僕も泣きたかった。何故女はいつも、私の気持ちの話しかしないのだろう。まるで男には気持ちがないとでも思っているようだ。

子供が出来たら女は変わる、何人もの知り合いから聞いていた。少なくとも産後一年くらいは、産前とは別人格だと思っておいた方がいいと話していたのは誰だっただろう。出会った頃の香奈は、こんな人ではなかった。僕たちが出会ったのはクラブで、初めて見た時彼女は一心不乱に踊っていた。お酒が大好きで、いつ見てもにこにこ笑っていて、一緒にいるだけで幸せな気持ちになれた。でも子供を産んでから、いや、厳密に言えば妊娠して仕事を辞めた頃から、彼女は少しずつ変化し始めていた。アルコール、カフェイン、生の食べ物、油っこいものを徹底的に排除し、胎教やマタニティヨガに夢中になった。ベランダで煙草を吸って部屋に入る時、臭いが一緒に入ってくる、あなたの肺に残ったニコチンがあなたが息を吐く度に空中に浮遊し、私の肺に入り、赤ちゃんに影響が出ると言い始めた時はギャグかと思ったし、本気だと知った瞬間気が狂ったかと思った。とにかく香奈は子供が出来て以来、ずっと何かに怯えていた。子供がああなったら、こうなったら、とあらゆるものへの恐怖を口にするようになった。超がつくほどポジティブ思考で、楽観的で、周りの人々を幸せにするキャラクターは消え失せ、特に出産後の香奈は強い恐怖と焦りの中で身動きが取れなくなっているように見えた。僕は香奈に以前の明るさとポジティブさを取り戻してもらいたくて、シッターを頼んだり家事代行を頼んだり、アシスタントを募集したり、香奈の負担を減らすべく知恵を絞っていたのだ。そんな時に震災が起きて、香奈は放射能避難を勧める僕にヒステリーを起こしながら、私は正気だと喚いている。絶望的な気分だった。

ホテルの空室を確認してから、新幹線の切符を予約し、神戸のホテルを二週間分予約した。香奈が二週間耐えられるとは思わなかったけれど、予約しておかなければ空き部屋がなくなるかもしれないと思った。

「神戸のグランドテラスを予約したよ。簡易キッチンのついてるジュニアスイートにしたから、調乳もしやすいと思うし、ベビーベッドの貸し出しもお願いしておいた。新幹線は五時台のを取ったから、ゆっくり支度しよう」

「神戸？」

「グランドテラス、香奈泊まりたいって言ってたよね？　ほら、友達が泊まったとか話してたじゃない」

「どうして神戸なんかに？」

「だって、前に……」

香奈はまた泣き始めた。どうしてそんな遠い所にホテルを取るのか、東京から神戸まで一体何時間かかるのか、グランドテラスは一緒に泊まりたいと言ったのであって遥と二人で泊まりたいと言ったわけではない、京都か、行っても大阪までと思ってた、香奈は泣きながら切れ切れにそう言った。僕は反射的に謝っていた。ちゃんと相談すれば良かった、今から京都や大阪のホテルを取り直してもいい、新幹線の切符はもう取ったから、京都や大阪に変更するのは何の問題もない、何度も何度も同じ事を繰り返した。香奈に冷静になってもらいたくて、必死だった。

「放射能がどこまで拡散するか、僕には分からないから、出来るだけ遠い方がいいって思ったんだよ。でも、岡山とか広島じゃさすがに遠すぎるかなと思って。香奈も田舎は嫌だろうし、神戸だったら香奈の好きなブランドのフラッグショップもたくさんあるし、ちょうどいいかなって、早合点したんだよ。本当に悪かった」

僕の弁明を聞いた香奈は、二ヶ月の赤ちゃんを連れて買い物なんて出来ないし、神戸は酒鬼薔薇《さかきばら》の事件があったから怖いと訳の分からない事を泣きながら喚き始めた。彼女は冷静な判断が出来る状態じゃない。その事実が僕を絶望させた。この人だ、と結婚を決めた香奈はいなくなってしまった。あんなに自由で、身軽で、遊び回っていた香奈は、赤ん坊とホテルに泊まるのを怖がり、ヒステリーを起こしているのだ。もう、東京で三人、普通にいつも通り一緒にいた方がいいのかもしれない。このまま香奈を西に避難させたら、悲惨な結果が待っているかもしれない。もういいよここに一緒にいよう、と言ってしまいそうになったその瞬間、ちょっと待ってと言って香奈が鳴り始めた携帯を手に取った。もしもしお父さん？　と香奈が話し始めたのを見て、僕は寝室を出て仕事部屋に戻った。パソコンには、ホテルの予約完了画面が映し出されている。パソコンの前に立ち尽くしたまま、僕は窓の外を見つめた。この東京の空に、もう放射能は舞っているのだろうか。次第に、もうここにいた方がいいのかもしれないと気持ちが傾き始めていた。今から出発したら、外で放射能を浴びるかもしれない。それなら、ガムテープで目張りをして、しばらく遥を外に出さないように気をつけて暮らした方がいいのかもしれない。そんな風に思いながらも、頭の中には友達の「子供だけでも西に」という言葉がこだましていた。携帯を取り、着信履歴を表示させる。友達の名前を見つめ、携帯を閉じた。どこかで、さっきの電話は自分自身の恐怖心が見せた幻だったのではないかと、自分を疑っていた。それくらい、僕は自分の見ている世界が信じられなかった。うんにゃあと声が聞こえた。遥がお昼寝から目覚めたのだろう。僕は寝室の前を通り過ぎる時に「僕が行くよ」と香奈に声を掛け、子供部屋のベビーベッドの中でふるふると蠢《うごめ》く遥を抱き上げた。まだ首の据わらない遥の頭を二の腕で支え、右手で小さな頭を撫でる。瓶に入っている所しか見た事がないけれど、マリモはこんな感触かもしれない。そう思わせる、生えたての柔らかな髪の毛。小さな目が僕を捉え、細く歪んだ。

「今笑ったね？」

嬉しくて思わず僕も笑ってしまう。その時、奥山透の企画も、今進行中の仕事も、全て捨ててしまうという選択肢がちらりと頭をよぎった。いやまさか、と同時に思い直す。冷静な判断が出来ていないのは、もしかしたら香奈ではなく、僕なのかもしれない。そう思うほど、遥を抱きながら見上げた東京の空は普通に青く、普通に美しかった。

「お父さんが、行かなくていいって」

「お義父《とう》さんが？」

「うん。大丈夫だって。原発の事は国の発表してる通りで、東京から逃げる必要はないって」

もうこれ以上、西への避難を勧める事は不可能だと僕は思った。そうか大丈夫なのかと、どこかで思っていた。香奈の父親は、都庁に勤めている。何とか局長という役職だった。お義父さんが言うなら、大丈夫なんだろう。きっと、僕たち一般市民には知り得ない内部情報もそれなりに回ってきているはずだ。僕は次第に、友達の言葉がフェードアウトしていくのを感じていた。彼は混乱していたのかもしれない。彼に電話してもう一度詳しく話を聞こうかと思ったけれど、忙しいだろうと思い直して、僕は分かったよと答えた。

「三人でここにいよう。きっと大丈夫。念のために窓に目張りをして、しばらく遥を外に出さないようにしよう」

　香奈は涙の跡の残る顔で、びっくりしたよ、修人が突然西に行けなんて言うから、と言ってまた泣き出した。悪かったよ、心配し過ぎたね、お義父さんが言うなら、きっと大丈夫だよ、遥を左腕に抱いたたまそう言って、右手で香奈の頭を撫でた。良かった、と泣く香奈を抱きしめる。両手に女性を二人抱えた僕は、息苦しさを持て余していた。ゴールのない迷路にラットを放り込むように簡単に、終わりのないゲームに投げ込まれたような気分だった。もう止めよう。無駄に香奈を不安がらせるのは止めよう。大丈夫。被曝なんかしない。僕はそれから脚立を持ち出し、一心不乱にガムテープで目張りを始めた。最初にベビーベッドの置いてある子供部屋、次にリビング、寝室。僕の仕事部屋の目張りを始めた辺りで、二つあったガムテープがなくなった。目張り作業はそこで止めた。僕は満足していた。そして新幹線とホテルのキャンセル作業を始めた。


　千鶴は三杯目のジントニックを飲み終えると、ワインをボトルで頼んだ。

「私好きなの。この雰囲気」

「この雰囲気？　この、店の？」

「うん。このちゃらけた、真剣さの欠片もない空気。意味なく盛り上がって、意味のない話しか聞こえてこない感じ」

「意外だな。千鶴ちゃんは、そういうのが嫌いだと思ってた」

「別に大好きではないけどね」

「千鶴ちゃんがあんな風になる事ってあるの？」

「昔はあったよ。今はさすがにもうないけど。でもね、あの感じって日本にしかないの。無意味の渦がものすごい速さで出来上がって、狂乱が生まれていく感じ。昔ＣＭで、メリーゴーランドの周りに自転車が何十台も置かれて、それをマッチョな男たちが一斉に漕ぎ始めて、その力で発生した電気がメリーゴーランドを回すっていう、何のＣＭか忘れたけどそういうのがあって、日本のわっと盛り上がってエネルギーを生じさせていく感じって、何かあのイメージだなって思うの。皆が漕ぐのを止めるとメリーゴーランドはゆっくり減速して止まって、電気もふっと消えるの。あの何も残らない感じ。皆で生じさせた電気は、メリーゴーランドに乗っている子供を喜ばせるためでもなく、自分たちが乗るためでもなく、その電気はただただメリーゴーランドを回すためだけにあるの。皆でメリーゴーランドを回す事が目的。目的の先には何もない。ただ回すだけ。意味も分からないまま。ここにいる人たちも、今この瞬間のこの場を如何にぐるんぐるん回していくかって事を目的にしてる。それで大いに回った後、遠心力でホテルまで飛んで行ったりする」

「僕はそういうのが大嫌いだけど」

「私も大嫌いだったけど、フランスに行って最初に恋しくなったのは日本食でも友達でもなくて、この無意味さが横行する空気だった」

「僕らも盛り上がってみる？　無意味に」

「修人くんとは無理」

苦笑いで呟いた千鶴には、どことなく老衰した印象が残った。あの無意味で悪趣味極まりないコンパや飲み会のノリが好きだと発言する千鶴の中に、そこはかとない虚しさを感じる。

「千鶴ちゃん、シンガポールでは何してるの？」

「語学学校に週三日通って、土日は旦那とテニスとかゴルフ、たまに個人で通訳とか家庭教師やっておこづかい稼いで、余った時間でショッピングと映画」

思わず苦笑いが零れる。彼女の話を聞いていると、自分が鳥かごに閉じ込められた犬のように感じられる。

「千鶴ちゃんて、英語ぺらぺらだったよね？　語学学校で何語勉強してるの？」

「英語。フランスでフランス語がんがん詰め込んでたら、結構飛んじゃったの。飛んだ分を取り戻しつつ、商業用の英語も身に付けようと思って。今回の駐在は長くなりそうだから、私もいずれ働けたらなって。シンガポールには日系企業がたくさんあるし。英語がそれなりに身に付いたら、次は中国語を日常会話レベルくらいマスターしようと思ってる」

何だろうねその語学に対するポジティブさは。と、学生時代にもっと英語をきちんと勉強しておけば良かったと後悔している多くの日本人の典型である僕は無力感に打ち拉《ひし》がれため息まじりに呟いた。

「何にもないから言葉を詰め込んでるだけだよ。修人くんみたいに、創造する人とは違うから。まあ、専業主婦のお遊び。フラダンスとか料理教室に通うおばさんと一緒。私はそういうおばさんたちとちょっとベクトルが違っただけじゃない？」

「僕は、もう二年ロクに仕事してないんだ」

千鶴は笑って、嘘でしょ？ と弾むような声で言った。

「震災があってから、ずっと駄目なんだ。元々リーマンショック以降広告業界自体立行かなくなってたけど、震災でだめ押しされたって所があって。僕んとこは他のデザイン事務所と比べたら面白いくらい景気が良かったんだけど、それでも震災の時に企画段階だったものはかなり話が流れてさ。いや、まあそれもこじつけで、本当は単に僕が駄目になったんだけどね。震災で打撃があったのも、企画がほとんど流れたのも本当だけど、そもそも僕が駄目になったんだ。ガラスがぱーんと打ち砕かれたみたいに、粉々になった感じだよ」

黙って相づちも打たずに聞いている千鶴に居心地が悪くなって言葉を止める。でも突き動かされたように口が開いた。

「何も出てこないんだ」

そう言い切った瞬間、心臓の鼓動が速くなった。ずっと誰にも言わなかった。何も出てこないと認めたくなかった。いや、認められなかった。今は形にならない、今は出来ない、もう少し色々整理しないと駄目だ、来月には、いや、再来月には、いや、数ヶ月後には前のように仕事が出来るはずだ。ずっとそう言い続けてきた。自分自身にも、そう言い聞かせてきた。震災から一年半後、僕は事務所を辞めた。独立という建前ではあったけれど、事実上今僕は無職だ。最後まで引き止めてくれた佐野にさえも、何も出てこないと正直に話す事は出来なかった。震災まで、僕はどんな仕事でも企画書を読んだ段階である程度のイメージが出来ていた。でも震災から一年半、震災の段階で既に企画が進行し構想が決まっていたものや、以前に作ったデザインの流用程度のものは作れても、新しいものを一から作る事がほとんど出来ず、限界まで引っ張った挙げ句佐野に丸投げする事もあった。そしてそうやって佐野が作ったものが良いのか悪いのかという判断さえつかなかった。佐野は知っていたはずだ。僕がもう何も作れないと。

「笑っちゃうくらい何にも出てこないんだ。今まで自分がどうやってあんなに膨大な仕事をこなしてきたのか全く思い出せない。何を根拠にあんなに強い自信を持ってものを作ってられたのか、さっぱり分からない。自分が過去に強い自信を持って作ったものも、今となっては良いのか悪いのか判断出来ないし、人のものを評価する事も出来ない。何が良くて何が良くないのか、さっぱり分からないんだ。今の僕には、全てが意味のないものに見える。広告とかデザインなんてどうでもいい気がするし、もっと言えば世の中の全てのものに意味を見いだせない。正直、デザイン始めてから十四年も経って、手が勝手に作ってるような感じで何でも作れたんだ。難しい事なんて何もなくて、発注元の望むイメージさえ分かっていればそれを大衆に受ける形にするのは容易かった。面白いほど簡単に合格点のものが作れた。もちろん全ての仕事に真剣に取り組んだよ。自分が驕《おご》っていたとも思わない。でももう分からないんだ。あの時自分が何を見てたのか。思い出されるビジョンは、全て作り物に感じられる。震災前の自分が、もうさっぱり分からない。今の僕にとって、以前の自分は全く理解出来ない人種なんだ」

「修人くんは、震災前の自分と後の自分と何が変わったと感じるの？」

僕は、と言ってからワインを飲み干す。ふと気づいて煙草を取り出し火を点ける。今自分が自分にとって有意義だと思える事は酒を飲む事と煙草を吸う事で、今その有意義さの頂点にいる自分が全く以て何者とも関わらない、何者にも影響を与えない虚無的な存在である事に愕然とする。

「世界が変わったと思ったんだ」

世界？　と呟いて千鶴は背もたれに寄りかかるとそのまま肘掛けソファの上部に頭を

載せ仰ぐように天井を見つめた。千鶴の胸元が、呼吸に合わせてゆっくりと上下している。世界か。彼女の繰り返した言葉は、彼女が世界の全てを知っていると錯覚させるような響きを持っていた。

僕は、香奈に外に出ないようきつく注意した。食材は全て僕が買って帰るか、宅配の食材を頼む。ゴミ捨てもする。何か欲しいものがあったら全て僕に言ってくれと言った。彼女は、もうあの避難するしないの騒動以来、全く放射能の事を気にしなくなっていた。立て続けに原発が爆発しても、大変だね避難区域に指定された地域の人は、と全く他人事な態度でニュースを流し見ていた。僕は安心しきれず、断続的に原発と放射能の事を調べ続けていた。まあ大丈夫だろうと思う時と、やっぱり東京も危ないんじゃないかと思う時と、気持ちがぶれ続けた。危険だと言う人の情報を読めば不安になり、大丈夫だと言う人の情報を読むとやっぱり大丈夫なんだという気になった。どんな結論を出せばいいのか、どんな決断をすればいいのか分からず、ひたすらパソコンに向かって調べ続ける事しか出来なかった。こんなにも自分が無力だと思った事はなかった。逃がすべきなのかもと思いながら、きっと大丈夫だと自分に言い聞かせ続けた。

東京の浄水場の水から一キロあたり210ベクレルの放射性ヨウ素が検出された時、僕はもう一度香奈に避難しないかと聞いた。香奈は何言ってるのと笑って、もう全く取り合ってくれなかった。外出禁止令も四月に入る頃にはすっかり無効化してしまい、今日はちょっと遠いスーパーまで買い物に行っただの、今日は遥を連れてカフェに行けただのと、香奈は嬉しそうに話すようになった。地表に近い所は線量が高いからベビーカーではなく抱っこ紐にしてくれという僕の願いは聞き入れられたが、もう数キロ遥が重くなったら、ベビーカーに切り替えられるのは目に見えていた。

五月に入り、ほうれん草から何ベクレル、レタスから何ベクレル、牛乳から何ベクレル、お茶から何ベクレル出た、と次々食品汚染がニュースになると、僕は東北関東のものは買わないように香奈に注意した。でも、外で素性の分からない食材は口にするな、と注意した数日後には友達とカフェランチをしてよく分からないけどカレーを食べたと言う。冷蔵庫の中を見ると、牛乳は東北産、禁止したはずのキノコもあれば、国産としか明記されていない肉も入っている。西日本のものを買ってくれと言ったじゃないかと言うと、だって売ってないんだもんしょうがないでしょ？　と苛立ったように言い返された。

「ちょっと考えてみてくれないかな。遥は香奈の母乳を飲んでるよね？　チェルノブイリの時、一万キロ近く離れた日本の母親の母乳からも放射性物質が検出されてたんだよ？　今福島から二百キロそこその東京に暮らす香奈の母乳がさ、吸気被曝の分は仕方ないにしても、食べ物によって汚染される可能性があるんだよ。そう考えたらさ、空気と違って自分で選ぶ事の出来る食材で母乳を汚染させてしまうのは、出来るだけ避けた方がいいと思わないか？　今の日本には、避けられる危険と、避けられない危険があるんだよ」

「避けられないよ。だって東京で食材買うんだよ？　西日本のものなんて何にもないよ？　修人この間も製造所の場所がどうのこうのって言ってたけど、そんなの見ても分からないし、その修人がよく言ってる、製造所固有記号なんか見ながら買い物なんて出来ないよ。遥連れてベビーカー押して買い物してるのに、そんな何時間もかけて原材料の産地とか製造所とか調べてられないし、それこそ加工食品なんて産地書いてないから一つも買えなくなる」

「ちょっと待ってよ、香奈、ベビーカーで買い物してるの？」

あーまた始まった、という顔で僕を見つめる香奈が信じられなくて、僕は呆然として体から力が抜けていくのが分かった。どうして彼女は、怖くないのだろう。怖い僕がおかしいのだろうか。頭がおかしくなりそうだった。封を開けていない牛乳、産地の分からない肉、キノコ類を全てゴミ箱に入れると、香奈は殺せるんじゃないかと思うほど鋭い、軽蔑の籠もった目で僕を睨みつけた。

「今も避難して満足にご飯を食べられない人たちもいるのに、修ちゃんは東北のものだからって理由で食べ物を捨てるんだね」

香奈の言葉に、当たり前だよと呟く。

「僕のしてる事の何が間違ってるっていうんだ？　僕は遥を被曝させたくない。だから被曝する可能性があるものを香奈に食べてもらいたくない。香奈がそんな偽善的な事を言う人だとは思わなかったよ。アフガンで餓死してる子供がいるからって、香奈はこれまで何も食べ物を捨ててこなかったっていうのか？　ピザの端っこの部分とか、サンドイッチの具の入ってない所を香奈が残してるのを僕は何度も見てきたよ。ここは美味しくないからって理由で食べ物を捨ててるのと、これは被曝する可能性があるからって理由で食べ物を捨てるのと、どっちが真っ当だと思う？　はっきり言っておくよ。僕は自分の家族さえ無事ならそれでいい。アフガンの子供たちも東北の子供たちもどうでもいい。僕が彼らを守る事は出来ないからね。僕が守れるのは、香奈と遥の二人だけだ。だから僕は香奈と遥を守りたいんだよ」

香奈は黙ったまま軽蔑の視線を憎しみの視線へと変え、無言のままリビングを出て行った。信じられなかった。でも、香奈は僕のしている事を、同じ気持ちで見つめていたのだろう。香奈は本気で僕を軽蔑していた。

このままではうちの冷蔵庫は汚染食材の宝庫になる。そう思った僕は、頼みの綱で同職の友達に電話を掛けた。オーガニックマニアで、食品の危険性について語らせたら右に出るものはいないと、仲間内でネタにされるほど自然派志向の友達だった。久しぶり、たようだった。

元気？　という挨拶もそこそこに食材について質問し始めた僕に、彼女はすぐに感づい
「西からの配送って、もしかして放射能？」

「そう。放射能。うちの奥さん、何にも気にしてないんだ」

「子供いるんだよね？」

「そう。まだ離乳食はやってないんだけど、母乳が心配でさ。レイカの所は？　ちゃんと気をつけてる？」

「気をつけてるよー。必死。はっきり言って震災以降子供には震災前のものと海外のものしか食べさせてない」

彼女のある意味過激ともいえる自然派志向に、僕が共感する日が来ようとは想像もしなかった。

「さすがだね。何か色々、頼むよ情報。僕はそういうの全く詳しくないし、彼女は自分で調べる気は全くないし。あまりにも情報不足なんだ」

「任せといてよ。九州から直送してくれる有機栽培の農家教えるよ。あと、外国のオーガニック食材買えるサイトとかも送るから。何か他に知りたい事あれば、教えるよ。うちは最近アメリカのオーガニック粉ミルクとオーガニックオムツが五日で届く個人輸入サイト見つけて、もうほとんど安全なもののルートは確保出来た感じだからさ」

「粉ミルクとオムツの方も頼む。あとは、何か放射能について知る上で有益なサイトとか、放射能関係でレイカが追っかけてる人がいれば教えて欲しい」

「了解。どしどし送るよー」

「ほんと助かる」

「修人くんの所は……三月はどうしてたの？」

僕は、と言いかけて言葉に詰まる。遥を逃がせられなかった無力感に、胸が痛くなる。

「私んとこ、いちゃったんだよね。結構最初の頃国の発表信じちゃっててさ。何か危機意識働いて食べ物とか水は震災前のものと海外のものに完全に切り替えたんだけど、まあ仕事もあったし、四月くらいまでは逃げるって発想なくて」

「うちも、逃げられなかった」

「ま、今更考えても仕方ないから、これから出来る事を前向きにやってくしかないよね。でも、ちょっと考えてるんだ」

「何を？」

「うち、移住するかもしれない」

「ほんとに？」

「うん。旦那がかなり本気で移住って言い始めたの。私は、やっぱり東京にいたいし、仕事だって西に行ったらなくなると思うから踏ん切り付かないいんだけど」

「旦那さんは、東京は危ないって？」

「大丈夫かもしれないけど、もしもこの子に何かあったらって思うと、って、泣かれたの。東京にこだわってる時じゃないのかもって、私も少し考え始めて……旦那は元々一年の半分は全国飛び回ってるし、拠点がどこになろうと関係ないからさ」

　僕は、何度かライブで見た事のあるレイカの旦那を頭に思い浮かべた。ソロのミュージシャンとしても活躍し、作曲家として他のミュージシャンに曲を提供したりもしている人で、レイカが結婚する前からちょくちょくCDを聴いていた僕は、同じ事務所から独立した先輩であるレイカが彼と結婚したと聞いた時は大声をあげて驚いた。

「そっか。レイカはほら、子供できてから規模縮小してたし、今の仕事量なら西でも何とかなるかもよ。京都なら二時間ちょっとだよ？　ちょっと打ち合わせって事になっても何とかなるんじゃないか？」

「そうかな。まだ分かんないけど、移住とか、また何か決まったら連絡するよ。周りに放射能気にしてる人すっごく少ないから、修人くんが気にしてるって知ってちょっと気分が楽になった」

「僕もだよ。奥さんが全く気にしてないから、外でも家でも孤立してる感じで」

「私さあ、あれがきっかけで母乳止めたんだ」

「事故があって？」

「そう。原発爆発のニュース見て、その日だけあげて、次の日に断乳したの」

「何でそんな危機意識高いかな。レイカ、あんなに母乳育児張り切ってたのにな」

「ほんとだよ。食べ物もすごい気をつけて、栄養のバランスも気をつけて、お酒も飲まなかったのに、放射能で全部おじゃん」

「やっぱり、うちも海外のミルクに切り替えた方が良いのかな」

「それは、奥さんが決める事だよ。私は、すっごい泣いたよ。断乳してからしばらく、ずっと涙が止まらなかった」

母乳をあげるという行為が、女性にとって一体どういうものなのか、僕は近くで見ていてもきちんと理解出来ているとは思えない。彼女が泣いてまで断乳したという事が、僕には実感として、全く共感出来なかった。同時に、何故そこまで危機意識が働いたのなら、避難しなかったのだろうと不思議に思う。

「ま、とりあえず情報送るから。参考にしてよ」

レイカの明るい声に顔を上げ、ありがとと答える。じゃあまたねと言った彼女の声が震えているような気がして、僕はまたねと無理矢理明るい声で答えた。それぞれの家庭に、それぞれの原発事故がある。それぞれの家庭に、それぞれの放射能被害がある。僕は空が開けたように、霧がはれたように、気持ちがすっきりしている事に気がついた。やっぱり東北関東は子供には良くないのかもしれないという不安要素を植え付けられたにも拘らず、こういう話が普通に出来る人がいる事に、僕は感動していた。でも同時に、同じ屋根の下に暮らす香奈に、遥の口にするものの決定権を持つ香奈に、同じように危機感を持って語る事の出来ない状況にはため息しか出なかった。どんなに気を遣って放射能の危険性について語っても、彼女は僕を危害を加えてくる敵だと思っているかのように顔をしかめてそれ以上言ったらキレるぞというオーラを出す。

大人のインスタントものから子供の粉ミルクやオムツやおもちゃまであるアメリカのオーガニック専門ショップ、放射能対策の支援として個人で粉ミルクを発送してくれているオーストラリア在住の女性の連絡先、九州の野菜を直送してくれるショップ、飼料まで全て輸入ものと公開している九州の乳、卵製品のショップ、測定法には疑問があるけどという前提で全品検査をしているという大型の食品配送ショップ、ゲルマで全品測定をしている北海道の有機栽培農家のショップ、更には海外製造のティッシュやトイレットペーパーを売っているショップまで、レイカのメールには僕の知りたい情報が全て詰まっていて、更に全てのショップの電話対応の態度や危機意識のレベルについても書いてあった。数日後、レイカの旦那がチェルノブイリ関連の動画や、健康被害に関するレポートのPDFファイルを添付したメールを送ってきた。面識もない僕にわざわざそんなメールを送ってくれた彼の気持ちが、僕には少し分かった。同じ疑問、同じ不安を抱いている人が周りにいない状況にいるのが、きっと彼も辛いのだろう。だから、同じ不安を持っている僕に、ここまでしてくれるのだろう。でも彼ら夫婦のように、香奈と僕の間で同じ危機感を共有出来ていたら、僕はどれだけ楽だっただろうと思わずにはいられなかった。

　彼らの過激なまでの放射能対策に驚いた部分もあったけれど、僕は彼らがやり過ぎているとは思わなかった。でも彼らからもらった情報を、そのまま香奈に知らせる事は出来なかった。手始めにチェルノブイリ関連の動画を送ったら、香奈はひどく取り乱した。確かにショックな動画だったかもしれなかった。でも見てもらいたかった。そうすれば、香奈は今自分の置かれた状況に気づき、少しは食材に気を遣ってくれるかもしれないと思ったのだ。でも現実には、彼女は泣いて喚いて取り乱して、何でこんな気色悪い動画を送りつけるのよ遥があるなるって言いたいの？　と僕を怒鳴りつけた。こんな事になるわけがない、東京がこんな事になるわけがない。皆が東京は大丈夫だって言ってる。私だってたくさんの情報を調べてきた。あなたの言ってる事がどれだけ滑稽な事なのかがきちんと分かるサイトをいくつも知っている。これから送るサイトを全部隈なく読んで欲しい。そうすればあなたはチェルノブイリと福島がどういう意味で違うものなのか分かるはずだ。彼女はまくしたてて、僕にいくつかのサイトを送った。そのサイトに載っているのは、確かにもっともらしい情報だった。でも何故この人たちがこういう事を話すに至ったかという背景を調べ始めると、とても彼らの語る事を信じる事は出来なかった。確かにチェルノブイリと福島は違うかもしれない。キエフと東京は違うかもしれない。でも、大丈夫かどうかなんて誰にも分からない。何をもって大丈夫と言うのかも、人によって違うのだ。東京で一万人の子供が死にました。それはほぼ個人の裁量だ。それをほら大した事なかったと言うのか、大変な事態だと言うのか、それはほぼ個人の裁量だ。百人死にましただったら、基本的に大丈夫でしたの範囲に入るかもしれない。でも放射能の影響で死んだと断定する根拠が明確になっていない以上、過剰に気にしてしまうのは当然の事じゃないだろうか。最悪の場合を想定するのが人間の性ではないだろうか。何故彼女は、それが分からない以上気にしても仕方ないと思うのだろう。香奈はおかしくないだろうか。いや、おかしいのは僕なのだろうか。おかしいのがどちらであったとしても、僕は香奈に対して、もう埋められない距離を感じていた。思い出される香奈の記憶はまるで別人のようだ。あんなにもシンクロしていた僕らは今、もう何一つ大切なものを共有していないように見える。僕たちは遥という大切な命を二人で作り上げたというのに、いや、それ故にかもしれないが、二人で同じ世界を生きる事はもう不可能な気がした。

おばさんのコンパ組が二次会に流れ、店内は風通しが良くなっていた。でも少しずつ、千鶴と二人でいる事に、違和感を抱きつつあった。何故今僕はここで、彼女と二人で飲んでいるのか。何となく流れで会う事になってしまったけれど、さほど親しい付き合いをしていたわけでもない彼女に、何故ここまで個人的な話をしているのか。自分でも分からなかった。今冷静になったって仕方ないと思い直してワインを飲むけれど、酔えば酔うほど、僕は彼女と二人でいる空間に居心地の悪さを感じ始めていた。

「妹さんはさ、爆発があって、すぐに逃げたの？」

「妹の事は詳しく知らないけど、それは知ってる。フランスから最初に連絡が取れたのが妹でね、その時からもう逃げるかもって言ってた。爆発前から。爆発するかもしれないから逃げるかもしれないって。で、本当に最初の爆発が起こる前に沖縄に飛んで、半年間沖縄に住んで、ビザが取れるや否やそのままイギリス」

「それは、すごいね。なんていうかその、妹さんは、頭のいい子なの？」

「頭？　頭は、悪いと思うけど」

「頭悪いんだ？」

変なやり取りに、二人して笑いが止まらなくなる。ふうっと息を吐きながら、二本目のワインを飲み始める。つまみがないねと言って、彼女はチーズの盛り合わせを頼んだ。

「エリナは、良く言えば天真爛漫《てんしんらんまん》。悪く言えば馬鹿。あ、エリナって妹ね」

「そっか。千鶴ちゃんとは正反対なタイプだ」

「私を良く言えば？」

「向上心のある優秀な女性」

「悪く言えば？」

「近付きがたい自信満々の完璧主義者」

「修人くんは、良く言えば天才肌の敏腕クリエイター。悪く言えば独りよがりの自己満男」


そこまで言うかと思いながら、苦笑いを浮かべる。離婚する前に、香奈にも同じような事を言われたのを思い出す。

「たまには、連絡してあげたら？　海外で一人で、すごく寂しいかもしれない」

「あの子には心配も同情も不要なの。こっちが何か気遣って言うと、何が？　って言う人なの。悪意がないのが救いだけど、とにかく人の気持ちが分からないの」

「人の気持ちが分からない人にも、寂しい時はあると思うよ」

そう？　と呟いて千鶴は笑った。寂しいのは修人くんなんじゃない？　彼女の言葉に、胸が痛くなる。

「そうかもね。僕は確かに孤独だ。寝ても覚めても咳をしても一人」

「子供には会ってるの？」

「一ヶ月に一回ね」

「子供といる時、楽しい？」

「楽しいけど、まだ二歳だからね。普段会ってないから、会ってから慣れるまでに時間がかかって、ようやくきゃっきゃ言って遊んでくれるようになったと思ったらバイバイだから、もどかしいね。もうちょっと大きくなったら違うんだろうけど」

　修人くんがお父さんか。という千鶴の呟きに、漠然とした違和感を抱く。実際に子供が生まれてみて、ほとんど育児に参加出来ない僕が父親を名乗る事を、僕はずっと申し訳なく感じてきた。ロクに育児もしてないのに、うちの子はさあ、と父親である自分を誇示するような男を何人も見てきたせいだろうか。子供が生まれてからは、そういう奴を見るとお前は父親というより種馬だろうと思うようになった。だからこそ、僕は家庭内での決定権は香奈に委ねようと決めていた。家庭の全てを切り盛りしている香奈から決定権を奪ってしまったら、僕たちの関係は破綻してしまうと思っていた。だからあの時、僕は西への避難をあれ以上勧められなかった。でもだからこそ、西からの食材の配送や、海外のものの個人輸入は買って出た。香奈の仕切る範囲を出来る限り壊さないように気を遣いながら、ネットショッピングを続けた。料理しない人が食材買ったって駄目なの、何も分かってない、ミルクもフォローアップミルクなんてまだ飲めないのに間違えるし、香奈の愚痴は日増しに増えていった。これまで自分が担ってきた食事や子供の事に干渉されるのが嫌だったのだろう。仕事も出来なくなり、香奈には否定され続け、もやもやとした放射能への恐怖を人に語れずにいる内に、僕は次第に自分の前に立ちはだかる無力感がもう自分の力で超える事の出来ない領域にまで肥大しているのを感じ始めた。赤ん坊はこんな気持ちなんだろうか。今目の前にある紙くずさえ自分の力では払いのける事が出来ないような、そんな無力感だった。もう、自分には何も出来ないような気がした。何かを決断する事も、何か行動する事も、何かを動かす事も、何も出来ないような気がした。実際その頃の僕に出来たのは、ネットショッピングと放射能について調べる事だけだった。

病的だよ、狂ってる、どうしちゃったの、香奈は何度もそう喚き散らした。こんな修人とまともに話せないよと何度も涙を流した。香奈の言葉は、僕をより締め付け、僕の無力感はより強くなるばかりだった。どうかしてると喚く香奈の向こうで、ハイハイをする遥をぼんやりと見つめていた。あの小さな体が、今まさに被曝しているのかもしれない。あの小さな体の中の小さな骨の中に、筋肉の中に、生殖器の中に、香奈の食べたものの中から溶け出し母乳へと移行した放射性物質が蓄積しているのかもしれない。僕と香奈と遥、三人それぞれの体に蓄積した放射性物質が発する放射線が三人の体から光を放ち、三人の体から発せられる放射線が互いの体を貫き合っているように見えた。光り輝く家族をぼんやりと見つめ、はっと我に返ると、僕は香奈に背を向けてリビングを出て、仕事部屋に籠もった。そしてまた放射能について調べ始めた。確かに僕は、正気ではなかったのかもしれない。

僕は何故、合理的な判断が出来なかったのだろう。合理的な判断、それは避難する事。

或いは東京で出来るだけ食事や吸気による被曝に気をつけて暮らしていく事だ。僕はそのどちらも選択する事が出来ず、このままじゃいけない、このままじゃいけない、とずっと悩み続けていた。香奈とも、きちんと冷静に話し合えば、食材についてだって妥協点を見つけられたはずだ。僕は、自信がなかった。とにかく自信がなかった。放射能について話す度どうかしてる、おかしな人、という目で見られ続ける内、自分の気にしている事が本当に気にするべき事なのか、さっぱり分からなくなっていった。

「円満離婚だったの？」

「どうかな」

「時間かかった？」

「話し合いにね。向こうの条件と僕の条件が食い違った」

「面白そう。修人くんはどんな条件を提示したの？」

「彼女がずっと欲しがっていた高級マンションを購入する。養育費も月十万。言っとくけど養育費の相場は普通一人五万って言われてる所を十万だよ」

「は？　向こうはそれ受け入れなかったの？」

「マンションは京都以西のもの、って条件を付けた」

「……それって、放射能の事で？」

「そう。西に行けば、食材は必然的に西のものが多くなる。本当は、遥には関西以西のものしか食べさせないっていう条件も付けたかったけど、それを言ったら多分異常者扱いされておじゃんになると思って」

「それは、異常者扱いされるわ」

「京都以西ってだけで猛反発だよ。もう、何日も何日ももののすごい罵声を浴びせられたよ」

「だって、元奥さんて東京生まれでしょ？」

「いや、生まれは福岡で、子供の頃は福岡に住んでたんだ。まあ、子供の頃だけだけど」

「それは無理だよ。東京で育った人に東京出て一人で子育てしろって、それは猛反発するよ普通」

「でも千鶴ちゃんだって旦那さんが転勤だから、ってあっさりフランスに行ったじゃない」

「旦那が一緒じゃなかったら行かなかった」

「千鶴ちゃんの妹は一人で子供を連れて東京を出て行っただけでなく日本から出て行った」

「ああいうのは基準にはならないって」

「子供も一歳過ぎてたし、育児も少し楽になってきたようだったから、言ったんだよ」

「結局、どうなったの？」

「今京都に住んでる」

「うそ？」

「条件付きでね。僕との契約期間は五年。離婚後五年経ったら、彼女は自分の好きな所に暮らしていい。マンションは売ってもいいし、賃貸に出してもいい」

「それって、何か、何ていうか……」

「滑稽だよ。愛し合って結婚したはずの女が、最後は経済的にどっちが得かを考えて条件の摺り合わせをする。別に、僕が浮気したり暴力ふるったりしたわけじゃないから、本来だったら結婚してから築いた財産の分与だけで済んだはずだったんだ。京都に住めば、それプラス高級マンション。彼女も相当迷ってたけど、現地のマンションの内見に行き始めた頃から顔つきが変わってさ、確かに関東は余震が多いし心配だよね、とか言い始めて、何か、ぽかんとしたよ。もちろん、一人で生きていく決意をした彼女が経済的な問題をシビアに考えなきゃいけなかったのは分かるし、何にせよ最後はお互いに納得のいく結論が出た。僕はその条件を彼女が呑んでくれた時、震災以降初めて彼女を愛おしく思えたよ」

「でも五年後、戻ってもいいの？」

「五年いれば、娘も小学校に通う頃だし、きっと向こうで新しい彼氏とかも出来てるだろうし、生活も落ち着いて動きづらくなるんじゃないかっていうのが一つ。あと、チェルノブイリの被害は事故の五年後から顕著化したっていうのが定説で、離婚が震災の一年後だから、事故から六年後に契約が切れる事になる。その頃に東北関東で被害が見え始めていたら、彼女自身も考え直すかもしれないし、もしもその頃に被害が出ていなかったら、僕も杞憂《きゆう》だったと思える」

「修人くんは、自分は逃げようとは全く思わなかったの？　海外で仕事に就こうとか、西の方で事務所構えようとか」

「散々悩んだよ。でも、動けなかった。仕事をするのに最適な環境を捨てようとは思えなかった」

「でも、結局仕事は出来ないと」

「離婚してからしばらくして、事務所を辞めたんだ。離婚して、子供を被曝させる心配から解放されて、養育費も払い続けなきゃいけないしって、仕事に対するモチベーションはあったんだけど、結局何も出来なかった。事務所辞めた時、自分も避難して京都の子供の住んでる辺りに引っ越そうかなとも思ったけど、やっぱり僕の仕事は東京じゃないと出来ないから。また前みたいに仕事が出来るって思ってないと、自分が保てないんだ」

「何か、自分勝手だよね。危ないかもしれないから逃げろって言って、逃げない人を責めて、逃がしたらもうお終い。能動的なように見えて、修人くんは全然能動的じゃない。自分は何にもしない。ただパソコンの前に座って調べものして指示を出すだけ。誰もそんな人の言う事聞こうなんて思わないよ」

「僕は、自分に出来る事をしただけなんだ。でも千鶴ちゃんの言いたい事は何となく分かるよ」

　ぼんやりと水の流れるガラスの壁を見つめる。自分の何が悪かったのか、千鶴の言っている事は、分かるようで分からない。じゃあ実際に、どうすれば皆が幸せになれたのだろう。どうすれば、僕と香奈が一緒に幸せになる事が出来たのだろう。僕のちょっとした態度や言動の違いで、彼女と僕の運命が変わっていたとも思えない。

「一緒に行けば良かった。修人くんが一緒に行こうって言えば、奥さんも避難したと思う。一緒に逃げて、一緒に考えて、一緒に結論を出せば良かった。修人くんは奥さんに避難を迫った時、奥さんの自由と決定権を奪ったんだよ」

「自由と決定権を奪ったのに避難させられなかったってこと？」

「奪ったから、避難させられなかったんでしょ」

「僕のあの言動が、彼女から自由と決定権を奪うものであったと僕は思わない。僕は、彼女自身にも考えてもらいたかった。冷静にどうするべきか、きちんと話し合いたかった。でも彼女は泣いて取り乱しただけだった」

「結局、行動が全てでしょ。あなたが決めても二人で決めても、子供を避難させるのは奥さんでしかない。そこでフェアに話し合おうっていうのがそもそも無理じゃない？」

「でも彼女には仕事がなかった。僕には仕事があった。僕がその仕事で幾ら稼いだと思う？　避難するのにも金が必要だ。これは単なる状況の違いによる棲み分けだよ。僕が専業主夫なら避難してた。それは確実だ。福島でもその周辺でもたくさんの家庭が母子避難してる。それは男に仕事があるからだよ。そこでしか出来ない仕事があるからだよ。何もかも捨てて家族で田舎に引っ越してどうする？　家庭菜園で細々と暮らしていくのか？　そんなこと出来っこない」

「彼女にとって母子避難は、それと同じくらい出来っこない事だったんじゃない？」

「僕には分からないんだ。彼女が何故母子避難をそこまで恐れていたのか。子供が生まれるまで、彼女は冷静な人だった。取り乱したり、ヒステリーを起こしたりするタイプの女性じゃなかったんだ。本当に、出産と震災を機に、別人になったような気がしたよ」

「男は出産で母になってしまった女に苛立ち、女は子供が出来ても変化のない男に苛立つ。ありふれた話じゃない？」

「そんなありふれてるの？」

「よく聞くよそういう話。女の人は、母親になると子供を守るために危機意識が強くなるから。修人くんの危機意識とは、全く別の所の危機意識が、彼女にも働いてたんだと思うよ」

「あれだけ妊娠中食べ物に気をつけて、僕に禁煙しろとまで言ってた彼女が放射能を気にしないなんて、僕にはちょっとSF過ぎる話だったよ」

「でも、修人くんの状況を聞いて、そこまで原発事故が怖かったのなら、何で仕事を辞めて家族で避難しなかったのか分からない、って人もたくさんいると思う」

僕は全く、千鶴の言う事に共感出来なかった。放射能の影響を受けやすい子供を避難させたい。それは普通の事だ。じゃあ誰が避難させるか？　それは現実的に動ける人、うちで言えば香奈だった。誰が経済を回していくか？　香奈が専業主婦である以上それは僕でしかなかった。でもこれ以上この押し問答を続けても、意味がないような気がした。これと同じようなやり取りを、香奈ともしていた気がする。あなたはいつも私の感情を計算外にしているから話が噛み合わない、私がロボットならいくらでも避難した、でも私はロボットじゃない、感情がある、だから出来ない事は星の数ほどある。そういう事を何度も何度も言われた。僕は彼女の感情を加味して考える事が出来なかったし、あの状況に於いて自分の感情を喚き立てる彼女は何かを見失っているような気がした。

二本目のワインを飲み終えた後、千鶴はこれからどうすると聞いた。どこでもいいよと携帯で時間を確認しながら言うと、ホテル取ってるけど来る？　と千鶴は言った。

「うん。どこ?」

「インターコンチネンタルだから、歩いて行けるよ」

そっかと言いながら上着を羽織り、店員を呼んで会計をお願いした。

「いいよ。今日は私が出すから」

「三年ぶりの帰国なんだから、僕が出すよ」

「子供の養育費で首が回らない人から奢られるの嫌だもん」

「大丈夫。まだ回ってる」

本当かな、と笑う千鶴を見ながら、ホテルに来る? という言葉は僕が言わせたのだろうかと思う。自分の何気ない言葉が、誰かの自由を奪っているのかもしれないと思ったら、僕はもう何も言えなくなってしまうだろう。

深夜の六本木を歩きながら、隣を歩く千鶴を見下ろす。女の人と二人で歩くのは久しぶりだった。香奈とは、休日によくこうして歩いた。六本木や、新宿、青山辺りをよく歩いた。香奈はよく言っていた。こうして隣を歩きながら、背の高い修人を見上げるのが好き、と。彼女の視線に憧れと、愛情と、尊敬を感じた。震災以降、彼女の視線には怒りと、憎しみと、軽蔑が入り交じり、とうとう狂人扱いされても、僕は香奈を嫌いにはならなかった。これから他の女性と付き合ったり、また結婚したりする事があったとしても、僕は香奈の事を好きで居続けるだろう。香奈が遥を虐待したり、殺人事件を起こしたり、テロや通り魔のような何かとんでもない犯罪を犯したとしても、僕は一生香奈の味方で居続けるだろう。これまで別れてきた女には全く感じた事がなかった、この初めての不可解なほどに寛容な愛情を得られた事が、僕と香奈の結婚に於ける最も有意義な事象かもしれない。彼女と出会って、結婚して、子供を作って良かった。僕は、離婚以来初めて女の人と寝るためにホテルまでの道中を歩きながら、そんな事を思っていた。

Chi-zu

　店を出た途端にむっとするような湿気と熱気に包まれ、十分程度の道のりなのに随分と汗をかいた。フランスは良かった。湿気がなく、肌の乾燥には悩まされたけれど、虫も少ないし、夏も涼しくて過ごしやすかった。シンガポールに駐在が決まった時、シンガポールでは常に空調を回し続けなきゃ駄目だよ、すぐに湿気にやられて壁紙が黴だらけになっちゃうからね、と旦那の上司が話していて本当かなと思っていたけれど、行ってみて驚いた。本当にちょっと空調を回していないだけで布団やカーペットがじめっとしていくのだ。ゴキブリも寒い所には出ないというから、冷房除湿を常に点けっぱなしにしている。あの冷房除湿の効いた涼しい家に帰宅し、もう眠っているであろう誠二を思う。フランスから日本まで、飛行機で十二時間、時差はサマータイムで七時間、サマータイムが終わると八時間。シンガポールから日本までは飛行機で七時間。時差は一時間。飛行時間と時差が比例しないのは当然だけど、フランスに二年半暮らし、シンガポールに来た時、意外なほど日本との時差が少ない事に驚いた。どちらもパスポートを持ち飛行機に乗らなければ帰れない場所ではあるけれど、フランスからシンガポールに来た時、私はそこが沖縄であるかのような親近感を抱いた。時間軸と気候が近いというだけで、帰ってきた、私はそう感じたのだ。アジアとヨーロッパの壁は、人種や文化よりも、気候と時間軸にあるのかもしれない。

シャワー浴びたいなと思いながら、鍵をテーブルに置く。

「ビールあるかな？」

「あるんじゃない？　ちょっと待って」

冷蔵庫を開けてハイネケンを確認する。修人は窓から外を見下ろしている。ビールもワインもあるよという言葉に答えず、「久しぶりだな」と修人は呟いた。

「何が？」

「こんな高い所から地上を見下ろすの」

そう言えばさっき、四十階建てタワーマンションの３ＬＤＫからぼろアパートの六畳一間に格下げになったと自虐的に話していた。

「修人くんは、これからどうやって生きてくの？」

「とにかく、仕事復帰に向けて気持ちと環境を整えていく。それだけだよ。今はまだ、何も出来ないけどね」

「出来ない間、どっか長期旅行でも行ってみたら？　気分が晴れるかもよ」

「シンガポール行ったら案内してくれる？」

「旦那が仕事に行ってる間ならね」

彼はソファの背もたれに預けた頭をくるっと私に向け、千鶴ちゃんて僕のこと何だと思ってるの？　と聞いた。その仕草は、小学生くらいの子供がどうして新幹線は速く走れるの？　と聞くような自然さを孕んでいたために、私は同じような自然さで答える事を強要されているような気がして一瞬戸惑う。

「何だろう。好きだよ」

「どういう感じに好きなの？」

ビールを渡すと同時に、手を引かれた。手を引かれるまま隣に腰掛けて、握られた左手に僅かに力を込め、右手だけで修人の煙草を取り出して火を点ける。

「帰国が決まってから、ずっと修人くんのこと考えてた」

「それって、結構好きなんじゃない？」

「そうかな」

「ちょっと考えてごらんよ。他の男の事をずっと考えてるなんて、人妻としておかしくないか？」

おかしいかもねと言って、彼の肩に頭を載せる。修人はビールをテーブルに置いて、私の肩に腕を回した。

「このままずっと東京にいれば？」

「妻子を東京から追い出したくせに」

「子供がいなきゃ東京から出て行けなんて口が裂けても言わなかったよ。僕はあんまり孤独に強いタイプじゃないんだ」

「誰にも言わなかったけど、私はすごく悩んだの。夫とフランスに行くかどうか。夫と二人でフランスに行くのと、東京で、夫はいなくてもたくさんの友達や仕事仲間や家族の近くで暮らすのと、どっちにするべきかすごく考えた。日本にいれば、仕事だって続けられたわけだし」

「で、夫を選んだ」

「選んだんじゃないの。仕方なかっただけ」

「来ないなら離婚とか言われたの？　千鶴ちゃんがそんな男と結婚するわけないよね？」

私はくすくすと笑いながら彼に顔を寄せる。こうなるように仕向けている所がありながら、少し体を引いて戸惑うような態度を取る修人に、急激に欲情する。修人は、どれだけ意識的にコントロールしているのだろう。押されたと思って押し返したら途端に引くような彼の態度に、以前も私は軽く苛立ちながら欲情していた気がする。

ずっと会いたかった。耳元で言うと、修人はやっと堰《せき》を切ったように私の首筋に顔を埋めた。修人に跨がり、彼の髪を撫でながら何度もキスをする。シャツの裾から手が入って、ブラジャーの上から熱を感じる。明日死ぬかもしれない世界に生きている事が、途端に堪え難くなる。私は明日死ぬかもしれない。その事実が、胸が潰れるほど辛かった。

シンガポールの自宅近くのスターバックスでラテを飲んでいた時、少し離れたテーブル席に座っていた中国系の女の子二人の事がふっと頭に浮かんだ。二十代前半くらいだろうか。一人がパンケーキを一枚食べ終え、二枚目を食べる時、チョコレートシロップとプラスチックのナイフを使ってパンケーキに絵を描き始めた。にっこりと笑った顔を描き終えると、二人はきゃっきゃと楽しそうに携帯でパンケーキの写真を撮っていた。

何でこんな時にあんな光景が頭に浮かぶんだろう。手を伸ばし、ズボンの上から修人の性器に指を這わせる。ブラジャーが外されて修人の手が胸に触れる。大きな手が胸を覆い、細い指が乳首に触れる。固くなっていく性器を撫で上げ、ベルトを外してジッパーを下ろす。ボクサーパンツの上から手を入れると、手のひらが僅かに濡れた。シャツとブラジャーを取られると同時に私は抱き上げられ、ベッドに投げ出された。覆い被さって来た修人とキスをしながら彼のシャツのボタンを外していく。外しながら、そのボタンが一つ一つ僅かに違う形をしている事に気づいて目を凝らす。

ボタンを見ている私に気づいた修人が言った。

「違うんだ、これ」

「元々だよね？」

「うん。元々、違う形」

私は修人の持っているそういうものが好きだった。鞄のジッパーが左右で形が違ったり、何でもない鉛筆のお尻の部分がてんとう虫の模様になっていたり、修人と会ったのはこれでまだ五回目くらいだけれど、彼と会うたびそうして、彼の好むものが分かるような小さいディテールを発見してきた気がする。

「可愛いね」

私は、何となく彼を褒めるのが嫌で、軽い嫌みを持った言い方でそう言うと、全てボタンを外しきったシャツの隙間から彼の胸に指を這わせる。嫌みに気づいたのか気づいていないのか、彼はシャツを脱ぐと私のパンツをはぎ取った。

二人とも全裸になり、彼の指と舌で散々弄られた性器から全てが離れふっと涼しい空気に触れた後、彼は右手を添えた性器を数回擦り付け、一気に挿入した。足をM字にして座ったまま突いてくる彼の乳首を左手で弄り右手でクリトリスを弄る。修人の顔が歪んでいく。吐く息が荒くなり、どんどん動きが速くなる。性器が濡れて何筋か尻に伝っていくのが分かった。動きを緩め、絶頂を遠ざけている修人を押し倒し、自分が上になるとゆっくり腰を振る。クリトリスが修人の陰毛に擦れて、腰の動きを速めると私はすぐにイッた。痙攣する膣がそこを中心に全身に快感を伝え、私は修人の胸に手をあて上体を起こしたままその痺れを甘受する。私の膣の痙攣と、修人の胸から立ち上るような鼓動がしばらく同じリズムを打ったけれど、すぐにずれてばらばらになった。痺れが残ったまま顔を寄せキスをする。触れ合った胸がじめっと汗を分け合う。キスをしたまま私は動き始め、また少しずつ動きを速めていく。ちょっと待ってと言う修人の言葉を無視して乳首に舌を這わせ、口に含んで歯を立てる。

「危ないから、上になっていい？」

肘をついて起き上がろうとする修人をもう一度両手で押し倒し唇を唇で覆う。舌を入れたまま深くピストンをしていると、修人が私の肩を強く押さえた。唇と唇の隙間から修人の抗うような声が聞こえて、私は上体を起こすと動きを速めた。千鶴ちゃんと呼んで、修人はすぐに諦めたように大きなため息をついた。正確に大きくピストンをする私を、最後の一度だけ修人が突き上げた。膣の中が震えた。下半身をずらして性器を抜くと、精液がつっと太ももを伝う。私は修人の隣に寝転がり、目を閉じたまま二人の呼吸の音だけに耳を澄ませる。

「どうして」

「どうしてって」

「大丈夫なの？　今」

「分かんない」

「千鶴は結婚してんだよ？　こんなの……」

「そういうことは」

「……」

「ホテル来る前に言うものじゃない？」

「避妊するセックスとしないセックスは別物だよ」

「外出しは避妊じゃない」

どうしたの千鶴ちゃん、修人はまだ息をきらしたまま肘をついて上体を少し持ち上げた。

「何が？」

「おかしくない？」

「おかしくない」

「僕は、そんないい加減な事をしたくて……」

「人妻なら後腐れなくヤレると思ってた？」

「千鶴ちゃん」

「修人くんは、セックスはするけど責任の生じるセックスは嫌、そういうスタンス」

「ちょっと待って、千鶴ちゃん。どうしたの？　急な事でちょっと訳が分からないんだけど」

　ふっと笑って、修人の胸元に手を伸ばす。

「うそ。大丈夫だよ。もうちょっとで生理くるから、絶対妊娠しない」

　困ったような顔をして、修人は私のおでこに手を滑らせて髪を撫でた。

「気持ちよくて抜けなかったの」

　言いながらまた修人の性器に手を伸ばした。まだ湿っていて、少し冷たかった。柔らかいそれがまた少しずつ熱を帯び始めると、修人は戸惑ったような表情をして、また私を欲情させる。

「僕は、千鶴ちゃんと付き合ってもいいんだ」

「何その言い方。付き合ってもいいって」

「いや、何か、変な言い方になっちゃったけど、僕はいつも、付き合いたいと思える人としかセックスしないって事だよ」

「それは、前にした時もそうだったたってこと？」

「そうだよ。千鶴ちゃんはもう婚約してたから、その気はないって分かってたけど」

　私は口を噤み、性器から手を離して仰向けになった。間接照明の部屋はそれでも充分に明るく、不意に自分が裸でいる事に羞恥を覚える。

「でも千鶴ちゃんと初めてした時、すごく嬉しかった」

「私も」

「でも何か、不思議な体験だった。千鶴ちゃんは婚約してて、もうすぐフランスに行くって決まってる状態で初めてホテルに行って。僕はどこかで、千鶴ちゃんがやっぱりフランス行かないって、結婚しないって、言わないかなって思ってた」

「本気で？」

「本気だよ。意外？」

「意外」

「ただセックスがしたくてセックスする男って、女が思ってるよりも少ないよ。さっき言ってたみたいな、人妻だと後腐れないとか、そういうのって女の人の思い込みだと思う。基本的に男は、セックスする女と後腐れたいと思ってるんじゃないかな」

「でも修人くんは結婚するなとか、フランス行くなとかは言わなかった」

「千鶴ちゃんの邪魔にはなりたくない」

「修人くんは、呆れるほど受動的だね」

「そうだね。僕は千鶴ちゃんの望みのままに動いた」

「今ここにいるのも、私が望んだから？」

「千鶴ちゃんが望まなければ来なかった」

「修人くんは、自分で人生を作り上げていこうとか、未来を決定していこうとか、思わないの？」

「異性関係に於いては、相手の気持ちを優先してきたよ。好きな子で、こっちに好意を持ってくれてる子にはきちんとアクションを起こしてきたけど、去って行く者は追わなかった。今の時代、追えばストーカー扱いされるし、自分に全く興味のない女の子に言い寄ってもストーカー扱いされるしね」

引く手数多《あまた》だったんだろうと思いながら修人を見つめる。私はどこかで、修人とエリナを重ねて見ている部分がある事に気づく。周囲の人に対して無頓着。自分が恵まれている事に無自覚。異性から言い寄られる事を当然と思っている。そういう女であるエリナに対しては怒りに近いものを感じるのに、そういう男である修人に対しては呆れるばかりなのが不思議だった。まあ自分も修人に言い寄る女の一人なのだから、当たり前なんだろうか。

「私の妹ね、ちょっと変わってるの」

「千鶴ちゃんよりも？」

「まあ、私は模範的なアラサーの一般女性だからね。見た目も、同じ両親から生まれたとは思えないような、両親とも私とも顔立ちが全然違って、母親が浮気したんじゃないかって、父親が疑ったくらい」

「本当に？　漫画みたいな話だな。お父さんの子だったんだよね？」

「多分ね。父親の二の腕と、妹の二の腕のぴったり同じ所に黒子があるの。それを見てお父さんも納得したみたい。でも何か、人種が違うみたいな違和感があるの。家族の中にいても、学校にいても、どこにいてもちょっと浮いてて。例えば、在日歴の長い外国人って、日本語も喋れて、日本の習慣も知ってるんだけど、やっぱりちょっとズレてる所あるじゃない？　文化が違うなみたいな。そういう感じの違和感。でも本人はそのズレが分かってなくて、いつも素のままだから周りには好かれてたんだけど」

「日本社会ではのけ者にされそうだけどね。そういう子って」

「今思えばそうだね。でも、本当にいつも友達に囲まれてて、両親にも愛されてたの。中高で夜遊びが激しくなって、普通そういう感じになると反抗期っていうか、親と対立するでしょ？　でもエリナは違って、ママもパパも大好きだけどしたい事がたくさんあるの、って言うから、親も何かいつの間にか許しちゃってて」

「千鶴ちゃんの妹とは思えないな」

「でもそんなこんなしてたらあっという間に出来ちゃって結婚」

「十代で？」

「そう。高校卒業するかしないかくらいかな。親は猛反対したんだけど、本人はあっけらかんとして、中絶なんて絶対やだ何言ってんの？　みたいな感じで。あっさり中退結婚出産。その結婚相手が結構なんていうか、怪しい感じの人で、随分年上だったし、経歴も何か謎で、皆心配してたんだけど」

「どういうこと？　怪しい年上の謎な人？」

「うーん。何ていうか、海外で日系企業のプロデュースとかコンサルティングをしてるらしくて、具体的にどんな事をしてるのかさっぱり分からないんだけど、ずっとニューヨークで仕事してて、日本に一時帰国してる時に知り合ったみたいで、結婚後もアメリカメインで飛び回ってたみたいで結構あっという間に離婚しちゃったんだけどね」

「そうなんだ。色々、その、大丈夫なの？」

「うん。離婚の時にマンションももらったみたいだし、養育費もちゃんとくれてるみたい。元旦那と子供もちょくちょく会ってるって言ってたかな」

「そっか。円満離婚か」

「未だに離婚の原因が何だったのかは分からないんだけどね。すぐに新しい彼氏作って同棲始めてたから、妹の浮気かなって思ってたけど」

「で、今は放射能避難」

「私が思うに、被曝なんてあり得ない、みたいな感じでちゃちゃっと逃げたんじゃないかな」

　軽く微笑んで、そうかなと修人は呟いた。

「千鶴ちゃんにはあんまりリアリティないかもしれないけど、あの時、東北関東に漂ってた空気は、ものすごく殺伐としたものだったよ。震災直後はずっとぐらぐら揺れてたし、東京でも買い占めがあったり、流通も滞って、広告業界も製紙工場が被害受けて紙がない何がないって仕事のスケジュールもずれ込みまくったし、多分皆がすごく不安だった。あんな東京を、僕は生まれて初めて見たよ。余震が続く中で原発が次々爆発して、世界各国が自国民に向けて避難勧告を出したり渡航自粛を呼びかけたりして、水道水からも食べ物からも放射性物質が検出されて、日本がこれからどうなるのか、誰にも分からなかった。多分妹さんも、気が気じゃなかったんじゃないかな。子供がいる人は、僕もそうだけど、かなり多くの人が避難を考えたと思うよ。まあ、パリス・ヒルトンだったら爆発ぅ？　って感じでチャーター機飛ばして逃げそうだけど、妹さんはもっと、必死だったんじゃないかな」

「あの子は、パリス・ヒルトンみたいなものだよ。逃げられない人の気持ちとか、家を流された人の気持ちとかは考えない。自分の事しか頭にない」

「逃げられない人の気持ちを考える必要があるかな？」

「別に倫理的な話じゃなくて、何の被害も被っていない東京在住者が逃げる必要があったのかって、思わなくはないってこと」

「妻子を半強制移住させた僕に言うね。全ての人が自分に残された選択肢から道を選ぶしかないんだよ。あの人はこうしたこの人はこうしたって、他人の事を気にしてる人は、他人の悪口を言ったり足を引っ張るばっかりで、非生産的だよ」

「例えばね、小学校でラジオ体操をやりますっていう時、私は体操着を持って行くべきかどうか悩んで、体操が出来るような楽な私服を着て、体操着をランドセルに詰め込んで行くの。それで小学校に着いて、皆が体操着を持って来てたらランドセルから出す。皆が持って来てなかったら、ランドセルの中に隠しておく。何で体操着持って来たの？　って笑われたくないから。でも妹はね、体操着はいらない、って言い張るの。持って行かないの最初から。皆が体操着を持って来てても、一人で私服でラジオ体操するの。何で持って来なかったの？　って聞かれたら、このお洋服可愛いでしょ？　って笑顔で答えるの。そうすると、皆は可愛いね、って褒めるの。そうやって、自分の思う通りに生きてる妹が私は羨ましかった。人の事が目に入らなくて、自分のやりたい事とやりたくない事しか頭にない彼女が。例えば私にとって、皆が体操着を着てるのに、自分だけ忘れてきたっていう状況は地獄なの。とっても恥ずかしい事なの。でも彼女にとってはそんな事どうでもいい事なの。人と違う事に何の躊躇《ちゅうちょ》もないの。多分、人の事が見えてないの。もしかしたら、それは彼女が生まれながらにして、家族の中にいても学校の中にいても浮いてしまう存在であったからこそ作られた精神なのかもしれないけど」

「分からないよ。彼女は、千鶴ちゃんや僕には耐えきれないほどの不安の中で、体操着を持って行かない選択をしたのかもしれない」

修人は笑って、家族には見えない所ってあるもんだよ、と続けた。確かに、私はエリナの事を直視した事がないような気がする。自分の生きたいように生きている女の子の事を考える余裕など、私にはなかった。十代の頃、思った事があった。もしエリナがいなければ、私がその座に座っていたのではないだろうかと。あっけらかんと奔放に生き、周囲から与えられる恩恵を当然と思って受け入れ続けるあの幸福な女の子に。どこかで私は、自分がやたらと考える人間になったのには、エリナの存在が起因しているように感じてきた。笑顔担当のエリナ。思慮担当の私。というように、棲み分けをしてきたように思う。私は、勉強を重ね、優秀な成績を取り、どこに出されても恥ずかしくない礼儀と知識、空気を読み、どこからも浮かず、人当たり良く振る舞える技術を身に付け、自分の決断に自信を持てない自分を克服してきた。経験を重ね、たくさんの思考を重ね、化粧やファッションにも惜しみない努力を費やし、ようやく体操着を持って行くかどうかの決断に自信を持つ事が出来た。エリナのように、生まれながらにしてあらゆるものから解放されている人間には想像もつかないであろう苦労をしてきた。エリナが妊娠した時、彼女がこれから笑顔だけを担当出来なくなるであろう事を予想し、ざまあみろという気持ちと、あの完璧なキャラクターが壊れる事への悲しみを同時に感じた。私は、自分の妹を蔑む気持ちと、尊ぶ気持ちとを同時に抱えていて、それは神の存在を信じる気持ちと信じられない気持ちとに体を引き裂かれるような思いをする人間のそれや、自分自身の中に超越的な力を認めたい気持ちとそれと相反する気持ちの間で引き裂かれる人間のそれと、ほぼ変わりないような苦悩だったのではないかと思う。現実に、私と妹は仲が良かった。憎んだり、恨んだりした覚えはない。妹の存在が私の在り方や人生にさほど関わっているとも思わない。ただ、今敢えて修人に妹の話をすると、何故かその存在が唐突に大きくなっていくのを感じる。でもどこか、私の話はねつ造された話のようにも聞こえた。出生や過去に過剰に意味付けした、古めかしい昼ドラのように感じられた。私が今の私である事に、妹の存在など本当は一ミリも関わっていないような気もする。人は、ストーリーを作ってしまう生き物だ。そして、その思い込みを糧に、憎しみや、愛情までをもねつ造していく生き物だ。

でも鮮明に覚えているのだ。母親が妹の手を引いて公園にお迎えに来た時、ピアノ教室にお迎えに来た時、皆がさっと自分から離れ妹を取り囲み、いいね千鶴ちゃん、私もあんな妹が欲しかった、とほとんどの女の子たちが同じ感想を口にするのを聞きながら、激しい選民意識と胸に穴が空いたかのような虚しさが同居するあの何とも言えない感情を、私は生々しく覚えている。ただその羨望の眼差しは、年を経るにつれ同情へと変わっていき、私の選民意識もまた苛立ちへと変化した。

冷蔵庫の中からワインを取り出して、二つのグラスに注ぐ。修人の煙草をもう一本だけと思いながら取り出して火を点ける。つっと膣から垂れた精液が太ももを濡らした。シャワー浴びようかなと思いながら振り返ると、修人は目を閉じて、眠っているようだった。修人くん。声を掛けても、布団にくるまった修人は目を開けない。ティッシュで股を拭い、パンツを穿いてソファに腰掛ける。Wi-Fiがあるのを思い出して、携帯を取り出す。シンガポールで契約した携帯のため、Wi-Fiのある場所でしか使えず、今朝送受信をしたきりになっていた。ホテルの回線に繋ぐと、メールやメッセージがどっと受信された。

ＳＮＳのウォールで帰国を宣言したせいで、日本の友達や元同僚たちからのメールが大量に入っている。従姉妹や、ちょっと遠めの親戚まで、皆がおかえり～‼　と歓迎の言葉を書き連ねている。既に決まっている予定もあり、馴染みの美容室やエステサロンの予約や、日本にいる間にしておきたい買い物もたくさんあって、二週間の一時帰国にほとんど余裕はなさそうだった。友達らのメールに短い返信をどんどん送りながら、笑顔が凍り付いていくのが分かる。私は、この帰国を一つの節目として考えてきた。この帰国で、何かが変わるかもと思っていた。何か、私がずっと耐えてきたものの一つの要素だけでも、消えてなくなるような気がしていた。でも私は、帰国三日目に修人と飲み、これからの予定をテトリスのように組み込みながら、きっと私は何も変わらず、私の抱えるものも何も変わらず、シンガポールに戻って行くのだろうと気づき始めていた。シンガポールにはきっと五年から六年駐在して、その後帰国か、或いは別の国への駐在の辞令が出されるだろう。私は延々語学を勉強し、買い物や外食を楽しみ、たまに料理教室に行ったりお菓子を焼いたりして、優しい旦那と時々喧嘩をしたりしながらも仲良く暮らしていく。

頭に浮かぶ未来が、炙られたようにじわじわと黒く滲んでいく。私はローテーブルに置かれた修人の携帯に目を留め手に取った。ロックはされておらず、人差し指を滑らせるとこっちが戸惑うほど簡単にデスクトップが表示され、そうか彼は今本当に一人で生きているのだと改めて思う。写真、のアイコンに触れ、アルバムを開く。仕事のものと思しきデザインの画像が大半で、スクロールしていくとグラフや表の画像が目に入った。拡大してみると福島第一原発事故当時の渋谷区の放射性物質の飛散量であったり、グレイとシーベルトとレントゲンの換算表であったり、日本の食品の放射性物質の暫定規制値と各国のものとを比べた表だったりして、放射能放射能言ってたけど、本当に気にしてるんだなと実感して可笑しくなる。また上の方にスクロールして、子供の写真を見つけた。ふわふわした髪の女の子が、にこにこ笑いかけている。数枚スライドすると、奥さんと子供のツーショットが目に入った。二人はとても幸せそうで、何の悩みもなさそうに見える。写真はいつも、人を何割増しかで幸福そうに見せる。彼らは離婚したんだ。

私は子供の顔をじっと見つめる。可愛い女の子だった。画面をタップして拡大する。ふんわりとした頬の感触すら蘇るほど、鮮明に子供の顔が映し出される。

「遥っていうんだ」

いつの間にかベッドで半身を起こしていた修人を振り返ると、修人は驚きの表情を浮かべた。見られてしまった事に動揺しながら、私は涙を拭う。

「どうしたの」

言いようのない衝動が、爆発したように心臓から全身へ駆け巡っていく。手先足先まで震えがきそうだった。

「千鶴ちゃん？」

パンツ一枚の姿でベッドから降りようとする修人に、来ないでと呟いた。両手で包むように持った修人の携帯の中から、修人の子供の目が覗く。私はまだ少しも、現実を受け入れられていないのだと気づいた。ここまで耐えて、まだ一歩も踏み出せていないのだと知ると、もう生きていく事など不可能な気がした。

「二年くらい前に、美樹ちゃんから聞いたんだ。千鶴ちゃんが子供産んだって。又聞きだったし、千鶴ちゃんから何の連絡もなかったし、本当かどうか分からなくて、今日も子供いないって言ってたからいないものだと思ってたんだけど、もしかして千鶴ちゃん、子供いるの？」

子供がいたの。そう言うと、気持ちが落ち着いた。修人はベッドに座ったまま私を見つめて、軽く口を開けたまま思案するような表情を浮かべた。

「……それって」

「違う。夫の子供」

「……どうして？」

「脳症」

シンガポールに置いて来た骨壺を思う。ほんの小さな壺に納まった我が子を思う。今回の帰国に際してそろそろ納骨しないかと義母に言われたのを撥ね付け、まだ手元に置いておきますと言った。シンガポールに残された小さな骨を思うと、内臓が締め付けられたように痛んだ。

「千鶴ちゃん」

「修人くん、世界が変わったと思ったって言ったよね？　震災で、世界が変わったと思ったって」

黙ったままぼんやりと私を見つめる修人をじっと見つめ返す。手の中の携帯に映る女の子に呼ばれたような気がして画面を見下ろす。顔をくしゃくしゃにして笑っている女の子がじっと私を見つめていた。

「私も世界が変わったって思ったの」

妊娠検査薬にうっすらと反応したブルーのラインを見た瞬間、やってしまったと思った。ここまで私は、うまく、優秀に立ち回ってきた。学校でいい成績をとり、生徒会長もやり、習い事のピアノとバレエもプロを目指すほどの才能はなかったにせよ、やってましたと自信を持って言える程度には真面目に練習した。反抗期もなければ悪い友達と遊ぶ事もなく、何の障害もなく高校、大学に入学し、さしたる苦労もせずに一流ブランドの日本支社に採用され、広報に配属された。仕事と一人暮らしを始めてからも、私は手堅い男と付き合い、誠二に辿り着いた。順調な交際を経て婚約をし、我ながら順風満帆で何の山も谷もない、平穏で平坦な、満点に近い人生を送ってきた。なのに、結婚は出来ちゃった結婚かとため息が零れた。婚約してから、彼の避妊がなおざりになっているのは感じていたけれど、毎回外に出してはいたのに。

同時に、渡仏にまだ迷いのあった私を確実に連れて行くために、誠二が私に気づかれないように中に出したのではないかという疑心まで抱いた。いつも優しく紳士的な彼が途端に邪悪なものに感じられて、私は慌てて妄想を打ち消した。でもしばらく、私は妊娠の事実を誰にも打ち明けなかった。誰かに打ち明けたら、何かが終わってしまう気がした。それは独身である自分や、自由な自分、或いはまだ結婚しないという選択肢、日本に居続けるという選択肢を持っている自分、だったのかもしれない。

その頃修人とはまだ数回しか会った事がなく、それでも私は自分が修人に惹かれているのに気づいていた。最初に飲んだ時、セッティングをした美樹が千鶴は今婚約してるんだよとあっけらかんと発表した時、何で言うのかと強烈に苛立った。合コンではなかったけれど何となく居心地が悪く、さっさと帰ろうと思っていた私に、修人は気さくに話しかけてきた。私たちはもしかしたら付き合う事になるかもしれない。一瞬そう思った。でも、二年の付き合いを経て婚約した誠二を捨て、婚約指輪を返して、今から別の男と付き合う事を、現実的には考えられなかった。私の未来は、周囲の人間や、自分自身、自分の過去、それぞれが無言の圧力をかけて仮押さえされたように、もう既に決まりつつある事を自分自身がよく分かっていた。私は、婚約を破談にはしない。修人の事を好きになろうがなるまいが、誠二と結婚する。悲しいほど、私は自分の性質と自分の人生を冷静に受け入れていた。でも妊娠が発覚した時、頭に残ったのは修人の事だった。このまま結婚して、子供を産んで、海外生活を送りながら、夫婦助け合い仲睦まじく。自分を待ち受けている未来が堪え難かった。嫌だ嫌だでどうにかなるものではない。私はよく分かっていた。

検査薬、説明書、箱、袋、をまとめてゴミ箱に入れながら、私は手帳に書かれた修人や美樹たちとの飲み会の日程を頭に思い浮かべた。今週予定に入っている飲み会を終えたら、きちんと病院で検査をして、誠二に妊娠の事を伝え、正式な結婚の日程や渡仏に関するあれこれを詰めていこうと思いながら、私は検査薬を見なかった事にした。

そしてその飲み会の日、私は修人と寝た。自分から強く誘ったわけではなく、修人が強く誘ったわけでもなく、ただお互いのしたいという気持ちが直結してそのままホテルに向かった。穏やかな川のように綺麗な流れで私たちはホテルに流れ着いて、何度かセックスをした。誠二と付き合い始めて以来他の人とセックスをするのは初めてで、もっと言えば付き合っている人がいる時に他の男とセックスをしたのも初めてだった。修人と寝ている間、私は幸福感に包まれていた。修人くんと私がどうにかなる未来はないのだろうか。先に眠ってしまった修人を見つめながら、私はその言葉を頭に反芻させた。でも修人が目覚めてにっこりと笑い、抱きしめられた瞬間にその言葉は吹き飛び、私は誠二の妻になる未来を受け入れた。


「覚えてるよ。二回した」

「二回だった？」

笑いながら言うと、二回だよと修人は穏やかな表情で呟いた。

「さすがに三回したら嫌われるかなって思って、二回で止めたんだ」

「そんな事で嫌いにならないよ」

「夫が絶倫過ぎて辛いっていう人の話を聞いた事があって」

「レスの夫婦が多いから、なかなか相談出来なさそうだね」

　上半身裸のまま隣に座った修人に、さっき注いだワインを差し出す。この修人の体を、私はあれから何度思い出しただろう。彼の腕に触れると、緊張が解けていくのが分かった。

「フランスでの生活は、最初の半年くらいものすごく大変だったの」

「フランス語、難しいっていうもんな」

「本当に本当に、誰も知り合いがいなくて、英語も通じなくて、一からフランス語勉強して、何にも話せないのにフランスで出産しなきゃいけなくて、つわりもひどかったし、お腹は重たいし、和食作るの大変だし、どこ行ってもステーキとかローストばっかだし」

「肉食なんだ」

「うん。固い赤身の肉ばっかり。とにかくね、旦那もまだフランス語があんまり話せなくて、健診も毎回病院常駐の通訳が付き添ってくれてたんだけど、見ず知らずの通訳の人に主に下半身の恥ずかしい事を話さなきゃいけない事とか、旦那が駐在始まったばっかりでフランス語の勉強とか向こうでの仕事に馴染むために忙しくしてた事とか、色んな事が重なって、ホームシックもあって、夕飯の買い物にも行きたくなくて毎日部屋に閉じこもって泣いてるような時もあった」

「前の奥さんの妊娠生活見てたから分かるよ。慣れない土地で出産なんて、ほんとすごいと思うよ」

「新婚だったし、お義母《かあ》さんも来てくれるっていうし、フランスで出産て決めたけど、安易だったたって途中で後悔したよ。八ヶ月くらいの時、旦那がＥＵ内での出張が続いて、お腹が大きいのに一人でいる時間が長過ぎて辛くて、もう日本帰ろうって航空券とって荷造りまでしたの。でももう危ないから飛行機に乗るのは絶対に駄目だって旦那が言い張って。泣く泣く諦めて」

「千鶴ちゃんも生身の人間なんだな」

「あんなに泣き続けた日々はなかったよ。妊娠のせいでホルモンも狂ってた所に、新しい環境に行って、言葉も通じずだったから、当然と言えば当然かもしれないけど。でもね、そうやって泣いてる時、修人くんの事考えてたの。修人くんとセックスした時の記憶だけが、妊娠中私の支えになってたの。それは、夫に対する罪悪感があったから耐えられたって事じゃなくて、もっと何ていうか、人生の中で何か、強烈な感動を一度でも体験した人って、その時の記憶だけで生きていけるんじゃないかって気がするの。例えばグランドキャニオンとか、マチュピチュとかに行ってものすごい景色を見たりとか、そういう瞬間的な感動。そういう一瞬の記憶がその後の人生の糧になる事ってあると思うの。それで、私にとってそれは、修人くんとのセックスの記憶だった」

修人は、何と言うべきか思案しているようだった。私は少し修人から離れ、僅かに触れていた腕を離した。

「フランスに行く前に修人くんとしてなかったら、私はきっとフランスでの妊娠生活に耐えられなかった。記憶に救われるって、不思議な体験だった」

「僕は日本で相変わらずの生活を送ってたから、あんまり千鶴ちゃんの事は思い出さなかったけど、どこかで、一つの神話みたいなものとして自分の中に保存してたと思う」

「私が渡仏して割と、すぐだったよね？　結婚したの」

「二〇〇九年の、春だったっけ？　フランス行ったの」

「そうだね。四月だった」

「じゃあ、その半年後くらいかな。千鶴ちゃんがフランスに行ってしばらくして知り合ったんだけど、最初から何もかもがしっくりきてて、例えば知り合った頃お互いに誰か相手がいたりとか、仕事が忙しかったりとか、そういうタイミングの悪い時ってあるじゃない？　香奈とはそれが、びっくりするくらいぴったり合ったんだ。障害が何もなさすぎて、付き合い始めて二ヶ月くらいで結婚しようかって話になって、あっという間に結婚」

「私とはタイミング悪すぎたね」

「旦那さんとは、うまくやってたの？」

「うん。妊娠中はひどい精神状態だったけど、産後はすっかり元気になって、旦那とも仲良くやってた。フランス語もどんどん話せるようになって、育児が一段落したら語学学校行こうと思いながら、家庭教師と独学で基礎を詰め込んで」

「子供は、女の子？」

「男の子だった」

「その、脳症って、熱を出したりしてってこと？」

修人の言葉は、優しいようにも残酷なようにも聞こえた。でも、そこには答えないという選択肢を選ばせない、強い意志があるように感じた。当然私は子供の死について語り慣れてはおらず、語ろうとすれば涙が出るし、取り乱す。竹箒でなぞられているように体中がざわついていて、痛みと不快感がこみ上げてきた。


十ヶ月からつたい歩きをするようになった優斗《ゆうと》は、一歳になる前に一人歩きを始めた。寝返りも、お座りも、はいはいも早かった優斗を見て、きっと運動神経のいい子になるねと私たちはよく話していた。サッカーやらせて、中学くらいになったら一緒にフットサルやりたいな、と誠二はよく話していた。誠二は、大学時代のサークルメンバーと未だにフットサルをやりに行くほど、サッカーとフットサルが好きだった。フランスに暮らし始めてからはサッカー観戦に何度も連れ出された。女の子が欲しかった私は、次は絶対に女の子がいいと思いながら、柔らかい布製のサッカーボールや赤ちゃんサイズのユニフォームをお土産に買って来る誠二を若干の羨みの込もった目で見つめていた。そんな羨みの視線も、すぐに微笑みに変わった。優斗が生まれてからずっと、私たちの家は温かい空気に包まれていた。優斗の笑顔は私たちを幸せにした。あまり泣かず、穏やかな子供だったけれど、生まれつき体は弱く、生後三ヶ月から熱を出す事はしょっちゅうで、肌が弱くかぶれやただれに悩まされた。男の子には肌が弱い子もよく熱を出す子も多いから心配し過ぎないで、と医者には言われたけれど、離乳食を始めてからは、ビオや玄米にこだわったり、甘くないお菓子なんかも手作りするようになった。砂糖や油を徹底的に排除し、アレルゲンになるものは使わず、危険な添加物や食材についての情報収集も怠らなかった。

千鶴は完璧主義過ぎるんだよ、ちょっとは手抜いたっていいんだから、誠二はよくそう言っていた。毎日綺麗に掃除された部屋、残さず洗濯される衣類、拭き掃除から除菌までされたキッチン、毎食クロスからナプキンまできっちりセットされるテーブル、毎朝起床と共にリメイクされるベッド、確かに優斗が生まれてからの私は、それまでの私に輪をかけて完璧主義だった。でも何故そこまで完璧主義でいられたのかと言えば、単にそれが楽しかったからだった。映画や雑誌の中で見るパリとは大違いな、大量の犬の糞やゴミが落ちている町並みにも、「分からないわ (comprends pas)」を連呼するフランス人にも、連絡が滞る全ての機関にも、赤身ばかりで脂身のあるカルビとか霜降りとかそういうものと無縁の肉生活にもうんざりしきりだったけれど、環境に適応してからはもう気にならなかった。様々な嫌な事があると同時に、楽しい事もたくさんあった。花屋では綺麗な花が安く売っているし、どこのブーランジュリーで買ってもバゲットが美味しいし、パティスリーやショコラティエでその日の晩のデザートを買い揃えるのが日課で、週に二回優斗を抱っこ紐に入れ、すぐ近くのマルシェに行って野菜から魚から肉まで、車輪のついた買い物カゴで買い物をして、時々子連れで行ける料理教室やヨガに通ったりもした。日本食よりもフランス特有のものを食べたいと言う誠二のために、フランスの家庭料理もかなり研究した。フランス語の上達と共に、同じアパートの住人やカフェのギャルソン、マルシェやスーパーの店員と世間話を出来るようになって、勉強にもどんどんやりがいを感じるようになっていった。ある日、半休をとった誠二と一緒にマルシェに行った時、立ち寄る全ての店で顔見知りの人と話し込む私に、誠二は驚いていた。

家事、育児、勉強、私はどれも楽しくて仕方なかった。もちろん余裕はなかったけれど、家を完璧に保ち、優斗と楽しく遊び、優斗の昼寝の時間には優斗の手袋やマフラーを編んだりして、優斗が夜寝てしまったら夫と二人でバルコンに出てワインやビールを飲む。そういう充実した毎日に、私は満足していた。何の疑問も不安もなく、ただひたすら、幸せに生きていた。

その日、私はキッチンで離乳食を作っていて、優斗はリビングの窓際で積み木を並べて遊んでいた。私は買ったばかりのエプロンをつけて時折カウンターから優斗を覗きつつ、鼻歌を歌ったりしていたかもしれない。優斗が好きなトマトスープに、玄米のリゾット。トマトの湯むきが終わり、種を取り除いて刻んだあと、傷が増えてきたからそろそろ新しいまな板を買おうかと思いながら、また優斗を覗き込んだ。暖かな日差しを浴び、優斗は積み木を積み上げていた。白を基調としたリビングを見渡し、ダニの原因になるかもと絨毯を取り払って良かったと思う。前よりもずっとすっきりとして見える。カウンターからの見晴らしに満足して、そろそろ玄米が煮える頃かなとコンロに足を向けた時、がしゃんと積み木が崩れる音がして私は振り返った。次の瞬間、優斗の背中がぐらりと傾いた。優斗？　と声を上げた瞬間、ごんと鈍い音をたてて優斗はフローリングの床に倒れ込んだ。短い悲鳴を上げてベビーゲートを跨ぎ、リビングに出て優斗を見て、凍り付いた。全身をがたがたと震わせ、薄く開いた目からは白目しか覗いていなかった。名前を呼んで気道を確保しながら、救急車の番号を思い出そうとするのに思い出せない。携帯に入れておいたはず。あと、救急車お願いしますのフランス語も散々繰り返し練習して頭に入れておいたはずなのに、頭が真っ白になっていた。優斗、優斗、と呼ぶ自分の声が遠くから聞こえて、私は自分の体もまた震え始めているのに気づく。痙攣に驚く事はない、数分程度の痙攣だったら救急車を呼ぶ必要はない。熱性痙攣について調べた時に、確かそう書いてあったはずだ。でももう三分くらい経ったんじゃないだろうか。痙攣が止まらず、薄く開いた口から次から次へと泡が零れ始めたのを見て、恐怖が頂点に達した。

助けて、助けて、優斗を抱えてアパートから飛び出した私は外に出るや否や、フランス語で叫んでいた。立ち止まった老夫婦が泣いている私にどうしたのと聞くけれど、私はフランス語で痙攣の説明が出来ず、「息子が死んでしまう!」と叫んだ。誰が呼んでくれたのかは分からなかったけれど、とにかく救急車はすぐに到着した。痙攣は治まらなかった。私の息子は、何十分も痙攣し続けていた。大丈夫なのか、大丈夫なのか?私の問いかけに、救急隊員はとにかく落ち着いてと何度も言った。はっと思いついて携帯で誠二に電話を掛けると、仕事中なのか留守電に切り替わった。病院に着いて看護師に一連の流れを説明し、優斗が集中治療室に入ってしまうと、あとはただひたすら、待つ事しか出来なかった。昨日は全く熱はなかったはずだ。今朝はどうだったのだろう。今朝優斗に触れた時の感触が蘇らない事が不思議だった。毎日、毎回、優斗の体調に変化がないか、私は無意識的に、注意深く観察していたはずだ。私が離乳食を作っていたあの時、優斗の体に一体何が起こっていたというのだろう。小さな背中を私に向け、積み木遊びをしていた優斗の体の中に。

ようやく誠二から電話が掛かってきたのは、救急車に乗ってから一時間後だった。どうして電話に出ないのよ！　泣きながら言う私に誠二は面食らって、息が詰まってきれぎれに優斗が痙攣で倒れたと伝えるとすぐに行くと言って彼は電話を切った。ひどく安堵していた。誠二が来てくれる。それだけで、私は体から力が抜けて立っている事も出来なくなった。

誠二が来てすぐに、私は少しずつもやもやと思い出されてきた状況を所々誠二に訳してもらって看護師に伝えた。突然座った状態からばたんと横に倒れ、リビングに出て見た時には痙攣を起こしていて、数分の内に泡を吹き始めた事。倒れた時、彼は積み木で遊んでいて、窓際にいた事、日差しに当たっていて、暑かったかもしれない事。排便も排尿も問題なかった。ここ三週間は何の薬も飲ませていない。ほとんど無言で頷きながらカルテに書き留めるだけの看護師に「いつになったら息子に会えるの？　いつになったら医者と話せるの！」半ばヒステリックに言うと、治療がいつ終わるかは私たちにも分かりませんと看護師は気の毒そうに答えた。誠二に促されてベンチに腰掛け、ぼんやりと床を見つめながら、今話したフランス語の中で自分が動詞の活用を一つ、冠詞を二つ、形容詞の位置を一ヶ所間違えていた事に気がついた。

今優斗が最も辛い時に優斗に触れられない事に、私はひどいストレスを感じていた。激しい怒りと悲しみを感じていた。あの子は私が産んだ子供なのに。少しずつ冷静さを取り戻していくと同時に、少しずつ思考があちこちに飛んでいくのも感じていた。優斗が治療室から出てきたのは看護師と話してすぐで、痙攣は治まっていたものの意識はなく、ベッドに寝かされていて、あっという間に別の場所に連れて行かれた。医者と誠二が話しているのを聞きながら、頻繁に知らない単語が出てくる事に苛立った。誠二もさすがに医学用語はあまり理解出来ないらしく、通訳に電話をしてもいいかと聞くと、今は忙しいので後で話しますと言って彼は去って行った。

「とりあえず、検査とは言ってたけど、どういう検査なのかが聞き取れなかった」

「通訳は？」

「こっちに来る途中に電話したんだけど、連絡がつかないんだよ。会社に連絡して、代理の人を頼めないか聞いてみる。いっその事、エリックに来てもらってもいいかもしれない。とにかく電話するよ」

「CTとか、MRIとかっていうこと？」

「分からないよ」

「脳に問題が出るってこと？　後遺症が残るっていうこと？」

「分からないって！」

誠二は顔を強ばらせたまま耳に携帯をあてて救急の入り口に向かって行った。救急のフロアなのに、周りの人は落ち着いている。私はどこかの異世界に入り込んでしまったように、ただ呆然と目の前を見つめる事しか出来なかった。不思議の国のアリス、突然その冒頭のシーンが頭に浮かんだ。アリスがお姉さんの読む本に退屈そうな顔をしているシーンだ。子供の頃、私はあの絵本が好きだった。優斗がもう少し大きくなったら、読んであげよう。不意に、泣きすぎたせいで顔がめちゃくちゃになった自分が壁にはめ込まれた鏡に映り、そのめちゃくちゃさに絶望する。このめちゃくちゃな顔を、もう元に戻せる気がしなかった。

「エリックがすぐに来てくれるって。通訳もとりあえず留守電に入れておいたし、会社に連絡がつかないから他の通訳を派遣してくれとも言っておいた」

例えば、自分が長年住んできた家が全焼したり、大事に大事に育ててきた金魚が大量に泳ぐ池に間違ってペンキを一缶ぶちまけてしまったり、そういう時の気持ちに近いのかもしれない。私は、どうやってももう元には戻らないようなひどい顔になってしまった自分の顔を見つめてそう思った。

誠二の会社の同僚であるエリックが一番に到着して、看護師に交渉し始めた。担当医は治療にあたっているからちょっと待ってくれと言う看護師にエリックは、彼らは子供の病状も知らないんだ、何の検査をやっているのかだけでも調べてくれ！　と怒鳴りつけた。日本人の妻を持つ彼は、優斗が生まれた時にも一番にお見舞いに来てくれた。図々しい所があって、苦手な人だと思っていたけれど、何度か自宅での食事会に行き来する度、彼ら夫婦が優斗を歓迎し奪い合うようにして抱っこをする様子を目の当たりにして、私は彼らに対する警戒心を解いていった。たっぷりとした体で髪の薄いエリックは、一刻も早く説明を！　と大声で看護師に捨て台詞を吐き受付のカウンターを手のひらで叩き付けると、私たちの所にやって来て大丈夫だと頷いた。医者が来る前に、エリックの奥さんの夏美さんが顔面蒼白でやって来た。僕だけで通訳するよりも彼女が一緒の方がいいからと言うエリックに、どうなってるの優斗くんはどこなのと夏美さんが詰め寄る。さっき医者を呼んだからとたしなめるエリックを、私はぼんやりと見つめていた。二人に対して感謝の気持ちは激しくあるのに、どうしても頭が回らずに目の前で起きている事が手の触れられる現実に起こっている事と思えなかった。

エリックは、医者がやって来ると話を手帳に書き留めつつ、夏美さんにあれは何て言うんだこれは何て言うんだと聞きながら通訳をしてくれた。優斗は、ウイルス由来による急性脳症という可能性が濃厚で、運ばれて来た時には三十七度後半だった熱が今は三十九度まで上がり、熱を下げるためあらゆる薬を点滴しているが全く下がらない、痙攣は無害な熱性痙攣ではない、CTの結果脳に腫れが見られ、炎症を起こしている、エリックと夏美さんの言葉を聞きながら現実感が更に薄れていくのが分かった。涙を堪えながら訳している夏美さんの顔を見つめ、私はまだ訳が分からず目を開いたまま閉じる事が出来ない。

「千鶴さん」

夏美さんが言う前に分かっていた。医者の言葉はきちんと聞き取れた。

「二、三日が山だって」

死の可能性について直接的に話していた医者の言葉を、柔らかく伝え直してくれた夏美さんに感謝しながらも、私はよりはっきりした言葉を必要としていた。

「私の息子は何パーセントの確率で死ぬんですか？」

夏美さんと誠二が私を咎めるような目で見たけれど、エリックは私の言葉の足らなかったらしい部分を補足した。返事は私にも聞き取れた。

「ソワッサントプールソン」

60％。数字で聞いた途端、私の中には力が漲《みなぎ》った。フランスに来てからしばらくの間、私はあらゆる事が分からない状態で生きてきた。それこそ、今自分が食べているものが何という食べ物なのか分からない状態で、私は生きてきた。現実に生きている気がしないほど、言葉が分からないというのは訳の分からない事だった。でも今、私の息子は60％の確率で死ぬという医者の口から出た言葉を聞き取った私は、ようやく今の自分の状態を現実として受け入れる事が出来た。私は、この言葉を聞き取るために、フランス語を勉強してきたのだろうとすら思った。私は医者の絶望的な一言に救われたのだ。私の息子は死にかけている。今朝までママママと私につきまとって、なかなかご飯を作らせてくれなかったあの子の脳は壊れ始め、生死を彷徨《さまよ》っている。もう全てを受け入れるしか道はなかった。医者に全てを一任する。彼の生命力を信じる。祈る。それしかなかった。60%という言葉を聞いて動揺したのは誠二の方だった。私とバトンタッチしたように彼は唐突に呆然とし、彼の現実が霞んでいくのが手に取るように分かった。

次の日の早朝五時五十六分、私の息子は死んだ。救急車から降りて集中治療室に運ばれる優斗の手を握ったのが、生きている優斗に触れた最後の時だった。


そんなに突然。修人は呟いて、また何か言葉を発しようとして、諦めたように口をつぐんだ。

「朝元気だった子が、夕方に倒れて、そのまま死んじゃう事が多いんだって。それにしても、うちの子は全く予兆がなかったの。鼻水も出てなければ、咳も出てなかった。熱も、運ばれた時に七度後半あったって言ってたけど、朝にはきっと平熱か、あっても微熱程度だったと思う。私には、全く予想出来なかった」

予想出来なかった、予防出来なかった。私は精一杯育児をしていた。精一杯息子の健康に気をつけて生活していた。ああすれば良かったと思う事は何一つなかった。でもその事実こそが、私に無力感を与えていた。何の落ち度も過失もなくても、我が子が一瞬で死ぬ事がある。交通事故で子供が死んでしまった人や、誤った薬を選択して子供が死んでしまった人、そういう人は、自分の過ちや注意不足を呪い、罪を感じながら生きていくだろう。でも私には何の落ち度もなかった。私は、完璧だった。息子が死んだその日も、何一つ間違った事はしなかった。私は完璧に生きてきた。誠実な男と結婚し、可愛い息子をもうけ、石橋を叩きながら幸せに生きてきた。だからこそ、息子を失った後私には、著しいコントロールの不能感があった。

「息子を抱えて外に飛び出して、助けて！　って叫んでる時、修人くんの事を思い出したの。修人くんと寝た、あの夜の事を思い出したの。これはあの時の罰なんだって、そう思ったの。修人くんと寝たあの日、お腹の中にいた優斗は、あの時そういう運命を背負ったんだ、って」

　だから私は、自分の人生の中の数少ない間違いに、その理由を依託したのかもしれない。そんなはずがない。優斗は単に、身体的な問題で死んだ。どうやっても防げなかった病気で死んだ。でも私はフランスに来てから修人との思い出に頼って辛かった妊娠生活を乗り越えてきた事や、子供が生まれた後もたびたび修人と寝た時の事を思い出していた事を、思い出に依存していた自分を思い出し、どこかで息子の死とその自分を結びつけていた。

「その思いは、ずっとどこかで消えなかったの。私はどこかで、息子が死んだのはあの時修人くんと寝たからだって、思ってきた。それで、そう思う事で息子の死に耐えてきた」

「ごめん」

「違うの。私は、修人くんとのセックスの記憶に頼って辛かった妊娠生活を乗り越えて、更に息子の死までそれで乗り越えようとしてた。でも今日修人くんと寝て、それが多分出来ないんだって分かったの。だから、途端にシンガポールに帰るのが辛くなった。きっとフランスでの辛い生活だって、乗り越えたんじゃなくて、修人くんの事を思い出してたのは、ただの現実逃避だったんだと思う。たまにいるの。駐妻で、海外生活に耐えられなくなって、ずーっとネットで日本のテレビとかドラマ見続けて、外にも出られなくなっちゃう人。そういうのと同じような、ここに入ってれば安全、て思える砦だったんだと思う」

光栄な事なのかな、と修人は呟いた。

「自分が、何でこんな訳の分からない感情や衝動に駆られるのか、理解できない事がたくさんあるの。息子が死んでから半年後に、日本で大きな地震があったみたいって友達から連絡もらった時、私は修人くんが死んでいてくれますようにって祈ってたの。家族の事とか、友達の事とかじゃなくて、修人くんが死んでいてくれますように、って真っ先に思ったの」

修人は、悲しげでも嬉しげでもなく、じっと、何の思考もなさそうな眼差しで私を見つめた。

「修人くんが震災で死んでいますように。どうしてか分からないけど、私は強烈に祈ったの。修人くんが死ねば、息子の死が全て収束するような気がしたのかもしれない。罰の始まりが消えれば、自分は立ち直れると思ったのかもしれない」

「さっき僕に中で出させたのは、僕の子供を妊娠すれば立ち直れると思ったから？」

言葉に詰まり、私は黙り込んだ。そういうわけではなかった。でも、そういうわけではないという言葉で、そういうわけでもあるほんの僅かな部分を否定する事に、強い抵抗があった。そういうわけでもないし、そういうわけでないわけでもなかった。何と言ったら良いのか分からず、ワインを飲み干してもう一杯注ごうとすると修人がボトルを持ってグラスに注いだ。

「夫とは子づくりをしてないの。子供を亡くした人って、すぐに次を作ろうとする人も多いけど、もう作れないっていう人も結構いて、でも私は作れないでも、作りたくないでもなくて、子供っていうものを考えると頭が真っ白になるような、そういう状態が続いてて、いつも考えるの。彼が中で出せば子供が出来るかもしれない、って。そうするともう、自分が何をしてるのか分からなくなる。だから、ゴムつけてって頼むの。自分が何をしてるのか分からなくなっちゃうから」

「僕としてる時は、大丈夫だった？」

「セックスしてるんだって思った」

「もし出来てたら僕と結婚しない？」

それはどうかなと呟いて、グラスを持つ自分の手を見つめる。私は一体、日本に何をしに来たのだろう。グラスの中で揺れる紫色を見つめている内、あの優斗が倒れたフランスのアパートのキッチンに引き戻されて行くような感覚に陥る。

修人が死ぬ所を、何度も何度も想像した。瓦礫に押しつぶされる修人。津波に流される修人。火災に巻き込まれる修人。修人が死んでいますように。修人が死んでいますように。死んでいますように。揺れる母国を思い、男の死を祈った。あんなに真剣に祈ったのは、優斗が集中治療室に入っていた時と、あの時だけだった。私の祈りは両方とも叶わなかった。

憎しみでもなく、怒りでもない。ただひたすらに私が抱き続けたのは修人の死への強烈な希求で、そこには何の感情もなかった。私は、修人と寝てから数年の時を経て、修人の記憶をいいように作り替えてきたのかもしれない。海外生活の中で、私が頭の中で反芻させていた記憶の中にいた修人は、現実には存在しない。それは、現実の修人とは全くの別物で、むしろ現実の修人とは全く何の関係もない、自分自身で作り上げた虚像でしかなかった。修人は、象徴でしかなかった。偶像崇拝のように、私は修人という殻の中に何かを依託し、そこに過剰な依存をしてきただけだ。修人は、私の都合の良い土偶だった。

「千鶴ちゃん、日本に帰っておいでよ」

「帰ってどうするの？　仕事に復帰も出来ないし、何もする事ない」

「僕と不倫すればいい」

「修人くんておかしいよ。妻子を避難させておいて私を呼び寄せる。不倫する女が嫌いなくせに不倫すればいいとか言う。そのうち好きじゃないけど愛してるとか、好きだけど愛してないとか言い出しそう」

「それは別に矛盾してない。好きじゃないけど愛してるも、好きだけど愛してないも一般的な事だよ」

「言うね」

そりゃ、言うよ。修人は笑って、ベッドに寝転んだ。おいでよと言われて隣に横になる。

「僕は今無職で、毎月養育費も支払わなきゃいけなくて経済的にも全く余裕がない。元妻と娘とは離ればなれで、彼女もいない。あと数年仕事が出来ない状態が続けば借金とかするかもしれない。全てを失ったと思ったんだ。ゼロどころかマイナスで、あとは病気になれば不幸要素コンプリートって感じで。だから、今は何も怖くないんだ。千鶴ちゃんが望むなら千鶴ちゃんに殺されてもいいし、心中してもいい。逃避行をしてもいいし、不倫関係になるのもいい。でも千鶴ちゃんがこのままシンガポールに帰るのだけは、何だか許せないんだ」

「それは私が、子供が死んだ話をしたから？」

「世界が変わったって、言ったよね」

天井を見上げたまま言う修人の顔を見やる。

「新しい世界を生き始める時に、千鶴ちゃんに傍にいてもらいたいんだ」

私は答えないまま天井を見つめ続け、しばらくして目を閉じた。修人の熱が私を右側から温めていた。この、依拠するもののなくなった世界で、私は一体何を指針に生きていったらいいのだろう。例えば今自分に見える未来を全て擲《なげう》って、考えた事もなかった道を選ぶ、妹のように見知らぬ異国に行き、大学で勉強したり、何か資格を取って日本かどこかで就職したり、或いは修人くんの言うように心中や逃避行をしてみたり、離婚してまた新しい恋愛をしたり、キャバクラなんかで働いたり、出家をしてみたり。頭によぎる可能性の全てに全く心が動かない。シンガポールに戻って普通に生活していくという未来にも、全く心が動かない。ただ一つ、シンガポールのあの空調の効いた涼しいマンションに残された優斗の遺骨だけが私の心に触れる。あの骨に向かって、私はシンガポールに帰るのかもしれない。今私を動かすのは、我が子の骨だけなのかと思うと、もう抗う気もしない。全ての欲望から解放された、いや、見放された私は、ほとほと自由だ。悲しいほど何者にも縛られない、縛り付けてもらえない。

ベッドの軋む音に気づいて、寝返りを打つ。頭が痛く、喉が渇いていた。煙草に火を点ける音がして、私は薄く目を開く。ソファに腰掛けた修人の姿が、明るみ始めた空から差し込む光で黒く浮き上がって見える。修人が手に持っているのが、修人のではなく私の携帯だと気づき、私は身が硬くなるのを感じた。しばらくすると、修人は携帯をテーブルに置いた。彼の吐いた煙がぼやけた線を描き、あちこちに飛散していく。修人のシルエットが怠そうに長い前髪を掻き上げる。

私は目を閉じて、修人が黙ったままこの部屋から出て行く事を願った。あるいは彼が立ち上がって、私の体に跨がり、彼の両手で私を絞め殺してくれる事を。とにかく、この今を形作る何かの終焉を。

eri

目を開けた瞬間、せわしなく回るファンが目に入り、ああそうかと思いながら体を起こす。日本の夢を見ていたせいで、軽い混乱が残ったまま携帯を手に取り時間を確認する。頭ががんがん痛む。昨日の夜眠れずにワインを一瓶、ウォッカを数杯飲んだのを思い出す。枕元にあったグラスと携帯を持ってキッチンに行き、コーラを一杯飲み干すとトイレに入った。携帯でメールをチェックしていく。迷惑メールを削除した後、ＬＩＮＥのメッセージを確認する。セイラを送ってから返事をしようと思いながら、友達申請が来ているのに気づいてページを開いた。知らない男だった。ブロックしようとした瞬間、メッセージが浮き出た。

「人づてに連絡先を聞きました。イギリスでの生活、応援しています」

何この人、と呟いていた。気持ち悪い、と意識的に言うと、私は股を拭いてトイレを出た。ちょうど寝室から出て来たセイラが私を見つけておはようと言う。

「おはよう」

「ママ、起きるの早いね」

「夢見たの。日本の夢。起きたらイギリスでびっくりした」

「ほんとに？　セイラ、もう日本の夢は見なくなっちゃった」

「私も、久しぶりだったよ」

「あ、そうだ。宿題まだだった」

「まだ早いから間に合うよ」

教科書とノートが詰まったコロコロと引きずるキャスター付きの鞄を開けて、セイラはダイニングテーブルについた。

「ポエム？」

「うん。書き取りと、暗記」

「暗記も？　一人で出来る？」

「大丈夫」

最初は泣きそうな顔で行き始めた現地校だったけれど、数日後には数人の友達が出来、一週間後には英語を単語単位で話し始め、数ヶ月後には友達との簡単な会話には苦労しなくなっていた。未だに先生の話をきちんと理解出来ていなかったり、複雑な話にはついていけないようだけれど、今の所留年は免れている。イギリスに来てもう少しで二年になる。最初の半年は気が狂いそうなほど大変で、英語が話せないせいであらゆる事がうまくいかず、怒りに任せて帰国してしまおうかと思った事も何度もあった、でも帰る事を現実的に考えるとそれもまた猛烈に大変で、これから引っ越し業者を探して荷造りをしてアパートの解約手続きをしてセイラの学校に辞める旨を連絡して賃貸に出してしまった日本のマンションをどうするか不動産屋と相談して航空券を取って、とその先の事を思えばむしろ前に進む方がまだいくらかましかなという惰性でイギリスで生活している内、英語も話せるようになってきて、最近はもう生きる場所なんてどこでもいいやと思うようになった。最初の一年、週五で語学学校に通い必死で勉強した英語も、二年目からは週に二度、二時間ずつにペースを落とした。まだ不自由はあるし、いつまで経っても聞き取りが苦手で何となく相手の言いたい事に確信が持てないまま話してばかりだけれど、必死さがなくなったという事は、今の英語力で何とかなっているという事なのだろう。

「ママ、最近パパと話してる？」

「ああ。二週間くらい前にSkypeしたかな」

「セイラもう一ヶ月くらい話してない」

「今日学校から帰ったらすれば？」

「いいの？」

「いいよ別に」

Wi-Fiのある家でのみ、セイラにも自分専用のタブレットを使わせ、メールやSkypeが出来るようにしている。祖父母や実の父親、日本で三年一緒に暮らしていた私の元彼、日本の友達なんかとは勝手に連絡を取っていいと言っているのに、何故かセイラは私の元彼に連絡をとる時必ず私に承諾を求める。彼女が三歳の時に付き合い始めてから三年間、事実婚状態だった元彼の事を、彼女は今でもパパと呼び懐いている。実の父親ともイギリスに来るまでは時折会っていたけれど、元彼と過ごす時間の方が彼女は楽しいようだった。子供と親というのも相性だなと思う。例えばいつかセイラに妹や弟が出来たとしたら、私は彼らとの付き合いの中で、こっちの方が話しやすいとか、こっちの方が気が合うなどの関係性の違いに戸惑ったりするのかもしれない。

「パパに会いたいなあ」

「今度行こうかなって言ってたよ。クリスマスの頃には遊びに来るかも」

「パパがいれば夏休みも旅行に行けたのになあ」

「冬休みには二人で小旅行に行こうよ」

「海のある所に行きたい」

「でもさすがに泳げないよ」

泳げなくてもいいの、と言うセイラに分かったよと言いながらゆで卵とトーストを出す。携帯をいじりながら化粧をしていると、途中でメッセージが入った。「僕も妻子を京都に移住させています」またさっきの男かと思いながら、一体誰から連絡先を聞いたのだろうと疑心が湧いていく。申請を拒否するべきか、誰からＩＤを聞いたのか問いただすべきか、悩みながらビューラーを目元に押し付ける。

「ねえママ。またマリーの家に行ってもいい？」

「来てもいいって言ってるの？」

「うん。マリーがおうちに来てって言うの。来ないと嫌いになっちゃうって」

何それ変なの、と言いながら、書き取りを続けるセイラを見やる。

「マリーって、どうしてそんなにセイラが好きなのかな？」

「え？　セイラのことは皆好きだよ」

「そうだけど、マリーは特別、すっごくセイラが好きでしょ？」

皆すっごくセイラのことが好きだよ。とセイラが真顔で繰り返す。イギリスに来て以来、セイラは男女問わずたくさんの友達にちやほやされてきた。去年、舞台観劇の遠足に付き添いで行った時も、ずっとセイラの隣を離れない男の子と女の子がいて、二人とも競うようにしてセイラに話しかけていた。小学校に行く時は大抵、登校途中で友達がさっとセイラの手を取り、ねえねえ昨日は◯◯だったね、今日は◯◯しようね、などと姉が妹にするように延々話しかけている。セイラはまだ英語に不自由があるし、言葉が少ない方ではあるけれど、それが逆に同級生たちの何かを煽るようで、常にセイラの周りには彼女をフォローし、愛してくれる子たちがいる。それは、現地の小学校に入れて良かったと思う理由の一つだ。

　化粧を終え、家を出る。セイラと手を繋いで、小学校と家の間の七分の道のりを一日二回歩く。それは、イギリスに来て以来私たちの毎日の日課だ。

「ママ。お家に帰ったらお菓子作りたいな」

「今日は駄目。お買い物して帰って、宿題やって、ご飯作らないと」

「えー？　セイラ、お菓子作りたいなあ」

「じゃあウィークエンドにやろう。何がいい？」

「チョコレートケーキ。で、作ったらマリーに持って行ってあげたいの」

「マリーのママがいいって言ったらね」

「持って行くだけだからー。いいでしょ？」

「クロエにメールしてみるよ」

　セイラの手の温もりが、ふっと離れる。見やると、リアナがセイラの手を取っていた。リアナはハーイと私に笑いかけ、すぐにセイラの耳元で何かを囁いた。二人はくすくすと笑って、今日はあれしようこれしようと相談しているようだった。後ろを振り返り、リアナの母親にモーニンと言う。リアナの妹の手を引いた彼女はハィとクールに言って、ぐずって歩かない妹を叱り始めた。リアナの母親は苦手だ。いつも不機嫌そうな顔をしている。最初は、娘がアジア系の子と付き合うのを嫌がっている差別主義者かと思ったけれど、すぐにそうではなくいつも不満そうな顔でむすっとしている人なのだと気がついた。最初の頃こそ話しかけようと努力したけれど、笑顔で話しかける私に「分からないわ」と冷たく言い放つ彼女に凍り付いて以来、無理にコミュニケーションを取らなくなった。イギリス人にも冷たい人と優しい人がいて、下手な英語でもがんばって聞き取ろうと努力してくれる人と、分からない、それ英語？　と、日本でぬくぬく育ってきた人間にとってはしばらく立ち直れないような言葉をかける人といる。そういえば、リアナの誕生日パーティの時、写真を撮ったから送るわと言われてから半年以上が経つが、写真はまだ送られてこないままだ。

子供たちが少し先を歩く道には、色とりどりの野菜の並ぶ青果店、肉屋、魚屋が軒を連ねている。帰りに肉でも買おうかなと思いながら、空を見上げる。まだまだ暖かい陽気に、気分が高揚していく。たまに分からなくなる。今自分が、何故ここにいるのか。自分が何を求めているのか。何のために生きているのか。

ここでは何も変わらない。文化と伝統が重んじられ、日本に比べるとそこそこ世論が固まっていて、新しいもののない世界。二年前イギリスに来た時、私は目新しい物ものに目を奪われあらゆる店に惹かれたけれど、二ヶ月もするとすぐにつまらなくなった。

ここには何もない。心が躍るものが何もない。そう思った。心が躍らないという事は、粛々と、淡々と生きていくという事だ。日本にいた時のように、好きなブランドの新作バッグに欲望を滾《たぎ》らせる事もなければ、化粧品の新作や限定品を狂ったように買う事もなく、友達と飲み過ぎて羽目を外したりする事もないという事だ。慎ましく、一本十ポンドのスパチュラを買おうかどうか、もっと安くていいものが見つかるかもしれない、と思いながら半年も買わずにいたり、なかなか理想に合った靴棚が見つからず、散々店をハシゴして何ヶ月も探し続けた挙げ句、蚤《のみ》の市で理想に合ったものを見つけて担いで帰ったり、どこどこ通りのレバノン系肉屋の砂肝は新鮮で安い、という情報を友達から得て隣町まで砂肝を買いに行ったり、そういう生活を送るという事だ。大抵のものの価格が軒並み破壊され、何でも使い捨て出来、どこにでも百円ショップや三百円ショップがあって、どこにでも空車のタクシーが走っていて、本屋でもコンビニでも商品が次から次へと入れ替わり、どこのレストランも大抵料理が美味しくて、あらゆる店が次から次へと出来ては潰れていき、欲しいものがあればネットで一瞬で買える世界。それが東京だ。最初は、何て不便で非効率的で時代に乗り遅れた国だと苛々したけれど、数ヶ月もすると慣れがきた。水道やお風呂、電気系のトラブルがしょっちゅうあって、バスもチューブも完全に時刻表を無視していて、眼科の予約を取ろうとすると一番早くて二週間後だったり、日本のぴりぴりした空気に慣れきっていた私は、この国で自分まで停滞してしまうような危機感を抱いたけれど、こののんびりした空気にも慣れきってしまった。

　普通に生きていく。という事が前提にあるから、欲望も、娯楽も必要ない。24時間営業の店などなく、日曜には軒並み店が閉まり、会社員は夕飯時に帰宅し、十二時前にはほとんど見渡す限り家の電気が消える。淡々と日常が過ぎていく。今日本に帰ったら、私はあの国に巣くう焦燥感に体を端々から食われて消えてしまいそうな気がする。


「ねえこの長芋ってどこで売ってるの？」

　長芋のポン酢掛けを食べながら聞くと、近くのハイマートだよ、と真里が答える。へえー、長芋って久しぶり、と呟きながらしゃくしゃくと噛み砕く。日本人の主婦は信じられないほど日本食の情報に通じている。イギリスに来てから半年くらいお米すら食べなかった私には、彼女たちの和食への希求は狂気のように感じられる。

「こういうの、高いんじゃない？」

「うん。このくらいの長さで七ポンドかな」

　七ポンド！　と目を見開く。よく買うなあと呟くと、何か長芋って時々取り憑かれたように食べたくなるんだよねと真里は笑った。

　テレビには、日本のテレビドラマが映っている。iPadと繋げているから画像は悪いけれど、真里の家にいると日本にいるような気がしてくる。日本で放送されたドラマは放送終了後すぐにネットにアップされるし、Skypeもある。日本のニュースはネットでいくらでも見れ、国際電話も固定電話に対しては基本無料だし、SNSでリアルタイムにメッセージを送る事も出来る。あともう少し航空券が安ければ海外の壁はもっと低くなるだろうけれど、インターネットの普及していなかった時代に留学や駐在をしていた人の事を考えれば、随分恵まれた環境と言えるだろう。その恵まれた環境が仇となり、過酷な海外生活に耐えきれず、家に閉じこもってネット中毒になってしまう駐在妻なんかもいるらしいが、オンラインネットワークの普及が多くの海外生活者の支えになっているのは間違いない。

「エリナ、年末は帰国するの？」

真里は今年の年末、四歳の娘の美和ちゃんと旦那さんと一時帰国する予定だという。駐在家庭は、会社から補助が出る事もあって、ほとんどの家庭が年に一度、夏休みか年末年始に一時帰国するが、どこからも補助が出ず、長芋に七ポンド出す気持ちも理解出来ない私にとっては一時帰国なんてお金がかかる上に大して意味もなく、旅行はもっぱら国内やEU内で済ませてしまっている。

「しないよ」

「帰りたいって思わないの？」

「思わなくはないけど、帰る場所も何ていうか、どこも微妙だし」

「そっか、マンション賃貸に出してるんだよね」

「そうそう。実家も何か居づらいし、ホテル暮らしするとお金かかるし、元旦那が大体アメリカにいるから、一時帰国するんだったら自分のマンション使ってもいいって言ってくれてるんだけど、何かやっぱそういうの嫌じゃん？」

「実家でいいじゃん。お父さんお母さん、孫に会いたがらない？」

「会いたがるけど、まあ色々面倒でさ」

「まあね。最初の一週間は良いんだけど、段々うんざりしてくよね」

震災後一度だけ、ビザの申請のため千代田区の大使館に行った帰りに実家に寄ったけれど、持って行ったガイガーカウンターが０・３０マイクロシーベルトを表示し、警告音を鳴らしてから、あの家に行く事は私にとって憂鬱な事になってしまった。実家は東京の、いわゆるホットスポットに入っていた。

「エリナは何か、捌けてるねえ」

「そう？」

「会いたい人とかいないの？」

「別に、いないかな。今は彼氏もいないし、友達はまあ、こっちにもいるし」

「家族とかは？」

「わざわざ家族に会うために帰国しようとは思わないよ」

真里は怪訝そうな顔のまま何度か頷いて、エリナがシングルだって事が何となく理解出来るよ、と苦笑まじりに言った。もちろん私にも、ここで持て余している虚しさはある。イギリスに来て二年。薄い塩酸に浸かって生きているかのごとく、少しずつ自分の中の何かが溶けていくのを感じている。多分それは、何かを目標に生きる事への気力だ。今の私には、生きていく、生活していくという事しか考えられない。生活のために生活する。生きるために生きる。それに付随する事、子供の送り迎えや家事、英語の勉強、煩雑な事務手続き、それしか私のやるべき事はない。でもじゃあ日本にいる時私は何を目標に生きていたのだろうと考えると、大したものは思いつかなかった。楽しいものは、ショッピング、ネイル、美容、映画、飲み会、カラオケ、友達や彼氏も交えてセイラと外食したり、遊園地やピクニック。そのどれもに私は心躍らせ、今思えばせわしない毎日を送っていた。でもかと言ってそれらが人生の目標とか目的だったわけではなく、ただ単に楽しい暇つぶしであり散財でしかなかった。二十代も後半になり、もうそういう楽しみはそんなにたくさんなくてもいいやと思っていたけれど、実際に喪失するとそういう無意味なあれこれではしゃいで笑っている事こそが私の生きる意味だったのかもしれないと感じるのも不思議な話だ。結局の所、人は虚無にしか生きていない。その事実を認めたくなくて、あんなに忙しく予定を詰め込んでいたのかもしれない。楽しくて楽しくて、走って走っていた頃は良かった。何のために生きているのかなんて考えなかった。立ち止まった瞬間、私は全てを喪失した気になったけれど、実際の所、元々何も手にしてなどいなかったという事なのだろう。突っ走っていられなくなったのは、立ち止まったのは、きっと震災があったからだ。いや、本当はその前から薄々感づいてはいた。でも、日本でぼんやりと生きている間、私はそれを認めずに済んでいた。

イギリス行こうかなと話したら、元旦那はビザを取るために外務省に勤める知り合いに掛け合ってくれた。でも、そうして人を巻き込んで突っ走って面倒なあれこれをやり遂げ実際にイギリスに来たら、何にもない生活しか待っていなかった。それでも異国の地で生活基盤を作る大変さを知ってしまうと、じゃあ止めたやっぱフランスかな、などとも思えず、やっぱり惰性でここにいる。私はいずれ、日本に帰るのだろうか。これまでに、何人もの日本人が帰国していくのを見てきた。駐在の人、現地で働いていた人、ロンドン在住を売りにして日本を市場に働いていた人、留学生、あらゆる日本人が帰国していくのを見てきた。永住組だと思っていた人が、あっさりと日本で仕事見つかったからと帰国したり、イギリス人と結婚していた日本人女性が、離婚するために別居しなきゃいけないからと子供を連れて日本に帰って行くのを見て、何とも言えない気持ちになった。人生とは結局、自分自身では左右しようのないものなのだろう。自分で行き場所を選び、特に絶対的な必要に駆られてというわけでもなくイギリスに来たというのに、私は人生の左右出来なさを痛感していた。

「私はもう待ちきれないよ」

「帰国?」

「うん。美味しいものいっぱい食べて、友達と飲みまくって、歌いまくって、買い物しまくるんだ」

「何か、欲望の国日本、て感じだな」

真里は浮かれた表情でワイングラスを傾けている。確かに日本は楽しい。楽しい事が頂点に置かれ、楽しさを追求し、追求し尽くされた挙げ句楽しい事がつまらない事にすげ替わり、つまらない事が楽しい事にすげ替わる現象が起こるような、とにもかくにも楽しさが指標となり構成されたような国に見える。イギリスには、コンビニもなければ24時間営業の店はほぼ皆無、ネットカフェもなければカラオケもゲームセンターもなく、数少ないエンターテイメントはボウリングや映画、ホームパーティなどで、日本に比べれば随分慎ましいものだ。夜中の二時三時まで大騒ぎするホームパーティを上の階でやられると辟易するけれど、外で泥酔している人はホームレスとアル中くらいだし、店でも外でも大人が騒いでいる所は目にしない。

駐在員の奥さんたちは皆、日本に帰りたいと言う。放射能の事を気にしている人は全くいない。原発が爆発したから避難したと言うと皆目が点になる。イギリス人も、原発が爆発したから逃げて来たと言うとぽかんとする。この二年色んな人と話してきて、東京の放射能汚染を危険と感じている人が限りなく少数である事はよく分かった。原発事故当時は日本食レストランにキャンセルが相次ぎダメージを受けたというけれど、今やそこら中のSUSHIの店にたくさんの客が入っているし、以前ナンパしてきたイギリス人シェフは今年東京の新店舗に転勤になるんだ、と嬉しそうに話していた。とりあえず逃げておいて損はないだろう。そういう、普通の感覚で避難したにも拘らず、事故から二年半が経った今、私は駐在の人たちに変人扱いされ、イギリス人にも奇異な目で見られ、時々年配の人に家族は一緒にいるべきよと諭されたりもする。放射能について話せば話すほど人に引かれ、引かれている内に段々私も放射能について話さなくなり、話さなくなるのに比例して考えなくなっていった。こんな事でいいのかという気持ちもあるけれど、海外生活の渦中にあっては今自分の考えなければならない事は他に生じてしまう。最初は私にも、慣れ親しんだ土地を離れる事に抵抗があった。でもやっぱり選択肢はなくて、私は自分自身の選択で沖縄に行ったわけでも、イギリスに来たわけでもなくて、そこに自分自身の選択など皆無だった。

　イギリス行きを検討していた時、たくさんの親戚や友達が、誰も知り合いのいない土地で生活するなんて無理だ、絶対やっていけない、と私に忠告した。絶対に三ヶ月で帰国する事になる、振り回される子供の気持ちを考えなさい、と私の人格を批判する類いの言葉を掛けた。そういう事を言われる度、違和感が残った。家族や友達や親戚、そういうものが身近にないと人は生きていけないのだろうか。もちろん、沖縄にいた時も、イギリスに来てからも、最初は知り合いが一人もいない事にひどい孤立感を抱いた。でも、どうしても友達が近くにいないと嫌、とは思わなかったし、親戚とか家族とかを頼るのも何か違うような気がした。私の人生は個人的なものでしかなく、いや、その人生に於ける岐路を自らもまた選択出来ないという点を鑑《かんが》みればそれは個人的というよりも、岐路が浮上した時点で既に結果は出ている自然現象のようなものであり、誰が絶対に無理だと言おうが、私が無理だと思おうが、その決定事項に私も他人も何ら変更は加えられないのだ。私は彼らが、まるで私が自分自身の強い意志の下イギリスに行く事を決意したかのような言い方をして、それを決定した私自身を批判している事に違和感があったのだ。私は一度も選んだ事はない。私はただ、決められた一本道をひたすら歩いて来ただけだ。私の意思や努力で摑《つか》み取った道ではない。私の性質と状況との兼ね合いで決まった現実だ。私の道は、私が決める前に既に決定していた。

「セイラちゃんは、日本に帰りたいって言わない？」

「言わない。一時帰国も嫌みたい」

「本帰国になったら大変だねきっと」

「本帰国する事になった時中学生になってれば、あの子をどこかの寄宿学校に入れて私だけ帰る事も考えるけどね」

「寄宿学校？」

「セイラの父親は寄宿学校を強く推してるんだよね」

「寄宿学校かー。辛くない？」

「もちろんセイラの意思も考慮するよ」

「ていうか、気持ち的に？　セイラちゃんとエリナの」

「気持ちは大丈夫だよ別に。バカンスとかに会いに来ればいいし」

「子供と離れるの寂しくない？」

「寂しいだろうけど、寂しさを考慮に入れたら、したい事も出来なくなっちゃうじゃん？　留学したいです、でも彼氏と離れるのは寂しいです、だから行きません。って言ったら一生彼氏の傍で生きていかなきゃいけなくなっちゃうじゃん。そんなの自由じゃないでしょ」

「寂しいから一緒にいる、を決断するのも自由じゃない？」

「でもやりたい事を諦めて人に対する執着で一生を左右する決断をするなんて、何かおかしくない？」

「やりたい事が、誰かと一緒にいる事だったりするんだよ」

「もちろん留学を諦めて彼氏と一緒にいるのはいいと思うけど、でも本当に後悔しないのかな？」

「後悔も含めて人生ですよ」

「私は後悔する人生なんて絶対に嫌だけどなあ。そうだ。真里、朱里《あかり》さん帰国するって聞いた？」

「あ、聞いた聞いた。もうそろそろだっけ？」

「いつだったか忘れたけど。だから今日一杯イギリスを楽しんでるってすごく嬉しそうに言ってて。で、帰国したら介護するんだって。旦那の親の」

「知ってる知ってる。旦那さんのお父さんの介護するんだよね？」

「うん。何かそれ聞いた時私ぽかんとしちゃって。旦那が転勤だから、ってイギリスは最悪だ最悪だって言いながら嫌々イギリスに住んで、で、やっと帰国と思ったら嫌々介護？　自分の意思でやってるならいいと思うけど、あの人いつも愚痴ってるじゃない？　自分の人生が旦那と旦那の親によって最悪な形に決められていくなんて、なんか悲惨過ぎない？」

「それが専業主婦の運命だよ。旦那の親と旦那の生活を支えるのが仕事だからね」

「会社行きたくないなー、って言いながら会社に通ってる人と同じって事？」

「そう。世の中にはそんな人がほとんどだよ。会社辞めたら人生終わったも同然だし、今朱里ちゃんが離婚したって子供と路頭に迷うだけでしょ。もうそこしか居場所がないんだよ」

「なんか、話聞いててすっごく絶望的な気持ちになったんだよね。とにかく彼女は何でもいいからパートにでも出て、そのお金で介護士雇った方が絶対いいって思うんだけど」

「私だったらそうするね。でも、旦那さんの意向とか、お義母さんの希望だったりするんじゃない？　育児とか介護とかって、嫌だ嫌だで何とかなる問題じゃないからね」

「そうかなあ。朱里さんて、そういう下らないあれこれに自ら縛られてるような気がするんだけど」

「まあ、そうやって縛られて生きていく事がむしろ幸せだと思ってる節はあるのかもね」

「そんなの飼い殺しの奴隷じゃない？」

「でもさ、それって状況によって左右されるものじゃなくて、例えば朱里ちゃんが仕事してたとしても嫌だ嫌だ、って愚痴ってる気がするし、旦那に単身赴任させて子供と日本に残っていたとしても、辛い辛い、って愚痴ってる気がする」

「どんな状況にあっても自分の不幸を探し出してアピールする人ね。もう根本的に受け入れられない」

「エリナはさ、こっちの生活費って元旦那が送ってくれてるの？」

「元旦那からもらったマンションが青山にあるから、賃貸に出したら結構いい不労所得になってさ。で、それプラス養育費。欲しいものがある時だけ東京にいた頃バイトで貯めてた貯金崩してるかな」

「すごいね。元旦那さんって金持ちだったの？」

「金持ちだし、本人もずっと海外で仕事してるから海外生活についてはすごく応援してくれてて。セイラが生まれた時から海外の学校に入れたいって言ってた人だから、こっちに居続けるためにお金が必要だって言えばもっと送ってくれると思う。就労ビザが取れれば私も働くけどね」

「何か不思議だね。元旦那さんとの関係」

「ビザの事もフォローしてくれたし、すごく世話になったの。元々、離婚した後もアメリカにおいでよってずっと言ってて、私は震災まで海外生活なんて考えた事なかったから、絶対嫌って言い張ってたんだけどね」

「でも何でイギリスにしたの？　そんな仲のいい元旦那がいるなら、アメリカの方が楽だったんじゃない？」

「アメリカは、母子じゃちょっとあれかなって感じがしたんだよね。でもやっぱフランスとかイタリアだと言葉が全然分からないし、って思ってイギリス来たらほんと英語通じなくて焦ったけどね」

「まあ、ちょっとアメリカは母子生活するの怖いかもね」

「あと、友達のお姉さんがスウェーデンの人と結婚してて、震災があって二人ともすぐにスウェーデンに逃げて、その後はずっとスペインにあるお城に暮らしてるみたいで、海外避難するなら広いお城だから住んでいいよって言ってるよって言われて、一時期はちょっと真剣にスペインも考えたんだけど、何かやっぱりちょっとイメージが湧かなくて」

「何か、エリナの周りって変わった人が多くない？」

「でも、その友達のお姉さんの結婚式にも行ったけど、スペインにお城持ってる旦那さんだなんて知らなかったからびっくりしたよ」

「お城持ってるイケメン外国人と結婚したかったなー私も」

　真里はおどけたように言って笑った。初めて放射能避難でこっちに来たと話した時、真里はへえー、と言って直後に別の話題に切り替えた。それはただ単に彼女がその話に興味がなかったからだ。放射能には全く興味を示さず、旦那との喧嘩や小さな諍いが最重要課題であるかのように旦那の愚痴を熱く語る彼女の態度は潔く、私は彼女に好意を持った。放射能の話をスルーして、ねえ聞いてよ旦那がストリップって検索してたの、と騒ぎ立てる真里を見て私は彼女が好きになった。でも、彼女と話していると常に孤立感がある。この孤立感は物心ついた頃から持っていた。人が大事にしている事が、私には馬鹿げた事に感じられる。私が大事にしている事が、人からは馬鹿げた事に見えている。私が真剣にする話ほど人は興味を持たず、私がするどうでも良い話に人は喜ぶ。好きだ好きだと寄ってきた人も、話せば話すほど私を嫌いになり、最後には私を突き放して去って行く。私の人生はそういう事の繰り返しだったような気がする。

「あ、もうないねこれ」

真里はそう言って、新しいワインを開けにキッチンに向かった。真里はとてもいい子だ。彼女とは、ずっと仲良くしていたい。

「ねえこの間食べたトルティーヤチップスないのー？」

あ、あるよ食べるー？ と言う真里に食べたーい、と言って私はグラスを持ってキッチンに向かった。新しいワインを注いで真里と乾杯する。

「あ、冷蔵庫にサルサソースあるから出してくんない？」

はいはい、言いながら冷蔵庫に向かうと、冷蔵庫に貼り付けてあるホワイトボードに、ロールキャベツ、ミートソース、サバ2、と書いてあるのが目に入る。ここには家庭がある。お父さんとお母さんと子供で、完成された家庭がある。真っ暗な肌寒いアイスリンクの中に一人しゃがみこんでいる自分の姿が頭に浮かぶ。私には、この家庭というものに所属しているという意識が芽生えた事がない。両親と姉と暮らしていた幸せであったはずの子供時代も、最初の夫とセイラと暮らした三人の家庭にも、その後事実婚状態だった彼と暮らしていた三人の家庭にも、その意識を持ち得なかった。私は幸せだったはずなのに、何故か皆から切り離され、孤立して生きてきたような気がしてならない。一貫して、私は私が所属したはずの集団、小学生の頃入っていたテニス部、中学、高校と続けていたバスケットボール部、学校外でのサークル、どれもに所属していたという意識を持っていない。もっと言えば、私は自分が日本人であるという意識、女性であるという意識、二十代であるという意識、母親であるという意識、それらも同時に持っていない。私に付されたどんな情報も、私のアイデンティティになり得なかった。今も昔も私は何者でもなく、強いて言っても強かなくて言っても私は私でしかなかった。皆が私を受け入れようとした。皆が私に心を開いた。とても幸せな思いをした。でも私が心を開けば開くほど、私は疎外された。幸せそうな家族写真に写る自分を見ると、写真には写っていない私の足だけが別の世界に立っているような違和感を抱いた。真里の持っている幸福は、私には永遠に手に入らない。それは人間が水の中に生きられないのと同じように、物理的に不可能な事の一つだ。だから私にとってそれは、取り立てて悲しい事ではなかった。

「東京は暑いです。そちらはどうですか？」最初にメッセージが入ってから二週間。メッセージは一方的に送られ続けていた。顔の見えない相手に返事をする気になれないまま、放置してきた。でも、放射能汚染を気にして自分も妻子を移住させている事や、仕事のために東京に残ったのに仕事が出来なくなっている事など、個人的な話を一人で続ける彼に、少しずつ抵抗がなくなっていた。

「ロンドンは気温が上がったり下がったりです」

私はそう入れると、送信ボタンを押した。ぽこんとウォールに映し出された自分の文章を一瞬見つめて、すぐにトップ画面に戻した。自分が見知らぬ相手にメッセージを返した事に、自分でも驚いていた。

「初めまして。保田修人といいます。デザイナーをやってます」

返信の早さに驚いていると、立て続けに画像が入った。私が日本でよく飲んでいたジンの広告だった。

「今までの仕事の中で一番気に入っているものです。これで自己紹介にさせてください」

ネットを開くと、コピーした名前で検索する。保田修人１９７６年東京生まれ、グラフィックデザイナー。Wikipedia に名前の載っている人である事に安心すると同時に、本当にこの人なのだろうかという疑問も芽生える。画像検索をすると、たくさんの広告や本の画像が出てきて、その中に本人の画像を見つけた。見覚えはない。

「ずっと一方的にメッセージを送ってすみませんでした。僕はあなたのことを応援しています」

一方的に送られる事に耐えられなくなり、メッセージ欄をタップする。

「誰から、何を聞いたんですか？」

そこまで打って、消去する。誰が私の情報を漏洩させたのかなんて、考えてみれば聞きたくなかった。「このジンよく飲んでました」そう送ると、私は携帯を充電コードに繋いだ。何となく落ち着かず、キッチンに行ってグラスにワインを注ぐ。戻って携帯を見ると、返信は来ていない。もう一度携帯を手に取ると、ＳＮＳを開いた。

「奥さんと娘さんは元気ですか？」

そう送ると、大きくため息をついてワインを飲んだ。彼の妻子は、私とセイラと同じように、母子で見知らぬ土地で暮らしている。彼の話によるとそうだった。「とても元気です」「あなたとあなたの子供が、彼女たち同様、元気にイギリスでの生活を送れるよう祈っています」立て続けに二通入ったメッセージに、何と返して良いのか分からず、携帯を放り出した。そうだ、翻訳をしなきゃ。来年度からアクティビティのシステムが変わると小学校から通知が来ていたのを思い出して、バッグを漁る。普通のプリントのパターンはもう分かっていても、こうした珍しいタイプのお知らせにはいつも戸惑う。書類文化のせいか、イギリスのこういう通知はやけに小難しい文章で書かれているのだ。電子辞書とペンを取り出して、分からない単語を調べていく。

ふと気づくともう三時半過ぎで、私は慌ててバッグを手に取り、鏡で化粧を確認する。ティッシュで少し顔を押さえて、アイラインの滲みを綿棒で拭うと、サンダルのストラップを留めてアパートを出た。帰り道でいつもお菓子を食べたがるセイラのために、ベーカリーに寄ってドーナツを二つ買う。

「どう？　英語は」

顔見知りのおばさんが聞いてくる。もちろんがんばってるけど、と尻すぼみで言うと、素っ気なくドーナツを渡される。

「続ける事が大切よ」

分かってる、と肩をすくめて店を出た途端、エリナと声を掛けられる。クロエだった。いつもはマリーの祖父母かシッターが迎えに来るため、お迎えの時にクロエに会うのは珍しかった。頬に頬をつけてエアキスを二回する。語学学校に通っていた時、ユーロ圏内の友達はほとんどエアキスをしていたのに対して、イギリス人は意外としないなと思っていたけれど、クロエは初対面の相手に対してもこの挨拶を欠かさない。もう仕事は終わったの？　と聞くと、今日は休みなのよと言う。

「今日はチューブに乗らなかった？　ストライキなの」

ロンドン地下鉄で働いているクロエはそう言って肩をすくめた。そうだったの、全然気がつかなかった。そう答えて、いい休日を過ごせた？　と聞くと、今日は旦那もいないから、本当に一人きりでゆっくり本を読んで過ごしたのよと嬉しそうに彼女は言った。

「日本では会社の休みは五月に一週間、夏に一週間、年末に一週間。なのよ」

海外の人にうける日本の話の一つとして完璧に暗記しているその文章を口にすると、クロエは目と口を大きく開いて信じられないと呟いた。疲れないの？　と至極真っ当な言葉を口にするクロエに、日本人は皆いつも疲れてるの、と言うと彼女は笑って、エリナはイギリスでスローライフを楽しみなさいよ、と言った。日本人はいつも疲れているから、疲れているのがスタンダードで、彼らにとって最早それは疲れているという事ではない。英語で言うのが面倒で、呑み込んだ言葉が頭に染み込んで消えていく。

「ねえ、来週うちにセイラとディナーに来ない？」

「いいの？　私は相変わらずこんな英語だけど」

もちろん大丈夫よと言うクロエに、セイラも喜ぶと思う、と答えた。クロエはにっこりと笑って、後でメールするわと言った。クロエは本当に優しい。母娘でロンドンに住んでいると話してから、何か不自由はないか、寂しくないか、としょっちゅうメールや電話をくれる。でも彼女に会う度彼女のその優しさが、何となく私を憂鬱にさせる。

四時になると、学校のドアが開く。それまで保護者は外で待つため、小学校の前には親とシッターの人だかりが出来ている。終業のベルがジリリンと鳴り、子供たちが次から次へと出て来る。セイラの姿を探していると、クロエがマリー！　と声を上げた。いつものように、マリーと一緒にセイラも出て来た。セイラ！　と呼びかけると、セイラも私を見つけて手を振り、マリーと共に駆けてきた。次々に、親に駆け寄って行く子供たち。外観だけでは小学校とは分からないほど飾りっ気のない白い校舎。ゆるりと揺れるイギリス国旗。まだまだ熱く照りつける太陽。激しい車のクラクションがどこからか聞こえる。何とも慣れ親しんだ風景。何とも慣れ親しんだ日常。異国の地で母子生活を送っているにも拘らず、私は終わりなき日常に蝕まれ始めていた。

交差点でマリーと別れ、セイラと買い物をして帰宅すると、私はワインを飲みながら料理を始めた。携帯で何か音楽を掛けようと思って手に取ると、メッセージが表示される。

「そちらで何か不自由があれば言ってください。自分に出来る事なら何でもします」

Shuという名前はそうか修人だからか、と改めて思いながら、もちろん自分の妻子と同じ状況にある人を応援したい気持ちがあるのは分かるけれど、何故この人はその気持ちをここまで私にぶつけてくるのだろうと不思議に思う。自分の妻子の事だけ考えていればいいものを。私はまた少しずつ保田修人という人に疑心を抱き始め、メッセージを無視して音楽を掛けた。

「ねえママ」

なあに？　ひき肉を捏ねながら返事をすると、セイラはキッチンに入って私を見上げた。

「ダイって何だっけ？」

「dieのことかな。死ぬって意味だよ」

「今日マリーがね、ママがdieすればいいのにって言ってたの」

何それ、と素っ気なく言いながら何となく引っかかってセイラを振り返る。

「ママって？　マリーのママ？」

「セイラのママ」

「何それ。どういうこと？」

「セイラのママがdieすれば、マリーとセイラは一緒に暮らせるって言うの」

私は返す言葉が見つからずしばらくぽかんとした後、そんな事はないよと呟いた。

「ママが死んだら、おじいちゃんおばあちゃんか、パパがお迎えに来る。それでセイラはおじいちゃんおばあちゃんと日本に帰るか、パパとアメリカに行く」

そうだよね、セイラは小さく言って、マリーはセイラにパパがいるって知らないのかな、と独り言のように言いながらキッチンを出て行った。そんなにセイラの事が好きなんだね、と笑って言うと、私はまたひき肉をハンバーグ型に形成し始めたけれど、オーブンに入れたハンバーグが焼き上がった頃、唐突に薄気味悪くなった。マリーの姿を思い出す。くりくりとカールした長い金髪の、背の高い女の子。手足は見ていてどきどきするほど長く細く、小さい顔に似合わないほど筋の通った鼻と、エルフを思わせる、少しとがった耳。控えめで、いつも戸惑ったように微笑みを浮かべるあのマリーが、本当に私が死ねばいいと言ったのだろうか。ご飯だよと言うと、ＤＶＤを見ていたセイラはリモコンで停止させて椅子に座った。

「ねえ、ご飯が終わったらパパとSkypeしていい？　さっきメッセージしたらパパがいいよって言ってたの」

セイラの言うパパは、さっき私が死んだらお迎えに来ると言ったパパではなく、事実婚だった元彼の方だ。二人ともをパパと呼ぶけれど、私はセイラの口ぶりだけでそれがどちらのパパなのかが分かる。

「いいよ。掛けなよ」

やったあ、と言いながら、セイラはハンバーグを食べ始めた。セイラ、保田修人、マリー、クロエ。静かに一人で過ごしたいのに、それぞれが私の心をざわつかせていた。この毛羽だった心をどうしたら良いのか分からない。一人になりたかった。人と共にいる事に、唐突に堪え難くなる事がある。たとえどんなに楽しい日常を送っていたとしても、私は時々、自分が一人でこの地球に存在していない事が堪え難くなる。

去年語学学校が一緒だったエジプト人のクレアとパブで軽くランチをした後、久しぶりのウエストエンドを散策するためサングラスで目を保護して高い位置で髪を縛った。ショーウィンドウを流し見て、リージェントストリートのベーカリーでフォカッチャを買った。ここのフォカッチャはどうかしてる、と思うほど美味しい。フォカッチャに合うおかずは何だろう、今ご飯を食べたばかりで全く想像力が働かない。ステーキ、ミネストローネ、と無理矢理考えながら、さっきまで曇っていたのに突然照りつけ始めた太陽の暑さに堪え兼ねて、近くのスターバックスに入ってラテを頼んだ。店内は微弱ではあるけれどエアコンが効いていて、二階で椅子に座ると私はほっとして携帯を取り出す。夏もそこまで気温が上がらず、湿度が低いため、イギリスでは店にも家にも冷房はほとんどない。冷房があるのはホテル、デパート、スターバックス、という観光客が訪れるスポットばかりだ。日本の猛暑も地獄だけれど、外にいても家にいても暑さから逃れられないという状況もまた地獄だ。

「そちらはまだ昼ですね。東京は今日三十度を超えました。熱中症で運ばれる人がまだまだ多いです」

取り出した携帯に浮かび上がった保田修人からのメッセージにはそう書かれている。二年間日本の夏を体験していないだけで、もうそれがどれほど過酷なものであったかが想像出来なくなっていて、蘇るのはクーラーの効いた部屋独特の匂いだけだった。あのきんきんにクーラーの効いた、しんとした空気が恋しい。

「今年はロンドンも夏が長引いてます」

なんだかんだで彼とは時々メッセージを交わすようになった。何気ない天気の話だったり、放射能被害についての彼の考え方だったり、日本の政治の話題など、彼は考えた事をそのまま送っているように感じられた。私が返信する数は少なかったけれど、彼は私の返信の有無に拘らず一日に数回メッセージを入れてくる。まるで私は、彼のメルマガでも取っているかのようだ。「この間、久しぶりに新規の仕事の依頼を受けました。うまくいくか分からないけど、やりたいと思えただけで何か一つ乗り越えられたような気がします。」私は一瞬何か祝福の言葉を返そうか考えて止めた。彼が震災以来出来なくなっていたデザインの仕事を再開させる事に、私は何の感想も抱いていなかった。

ハーイ、と声を掛けられ、反射的に声の主を見上げハイと返す。

「ここ座ってもいい？」

「どうぞ」

椅子が十以上ある大きなテーブル席とはいえ、空席もたくさんあるのにわざわざ隣に座った青年に、軽く疑心を抱く。

「ちょっと話さない？」

人懐こい目で覗き込まれ、私は一瞬で疑心を忘れいいよと答える。柔らかそうな髪の毛と大きな目がレトリーバーを思わせる。彼の服装を見て、何となくイギリス人ではないかもと思った。

「学生？」

「ううん」

「日本人？」

「そう。よく分かったね」

「僕はベルギー」

「ベルギー？　前にブリュッセルに行った事がある」

「本当に？　僕は日本に行った事はないんだけど、僕のイヤホンは日本製だよ」

「ソニー？」

「ううん。パナソニック」

「使い心地は？」

「最高だよ」

彼は嬉しそうにほらとポケットの中からイヤホンを取り出して見せた。何だかコントみたいな会話だと思ったけれど、彼が奇をてらわず話しているから、私も自然に話していた。

「ベルギーっていったら、今ストロマエが人気だよね？」

「知ってるの？　すごいな。イギリスにいる日本人の女性が知ってるなんて」

「語学学校でEU圏の生徒たちがよくストロマエの話をしてたの。でも、私フランス語を知らないから歌の意味は分からないんだけど。ベルギーの公用語はフランス語だっけ？」

「オランダ語とフランス語とドイツ語だよ。僕は南ベルギーの出身だし、ママンがフランス人だから家族は皆フランス語を話してるよ。オランダ語も話せるけど、フランス語の方が楽かな」

「すごいね。私は英語だけで精一杯」

「アジアの言葉はアルファベットじゃないから、大変だよね」

「うん。特に日本は島国だから、皆英語も喋れなかったりして」

「英語の勉強しないの？」

「するよ。中学から、大学まで」

「それでも話せない人がいるの？」

「皆ちょっとは話せるけど、英語教育に問題があるの」

「でも、君は上手だね」

「そう？　よく窓口とかでひどい英語！　って呆れられたりするけど」

「そんな事ないよ。すごく綺麗な発音だよ」

「あなたも」

そう？　と彼は言って、突然自己紹介を始めた。僕の名前はユーリ・ニールマン、ドイツ出身のベルギー人で、父親はドイツ人で母親はフランス人、姉が二人いて、一人姪もいるよ。ずっと唇の端が上がっていて、にこにこしているのがデフォルトみたいな彼の表情に、自然と警戒心が解けていく。

「私は日本人の両親から生まれた、日本生まれ日本育ちの日本国籍」

語学学校に通い始め、最初に皆で自己紹介をした時、八割以上の生徒の出生地と国籍が一致していない事に驚いた。ブラジル生まれの台湾人、ロシア生まれのフランス人、中国生まれのカザフスタン人、ユーロ内だとごちゃごちゃ度は更に加速し、ルーツを辿っていくと一世代ごとに国籍が違っているような人も多かった。彼もきっと、そういう複雑なルーツを持った家系なのだろう。何となく、南スペインやポルトガル辺りの血も入っていそうに見える。

「すごい。ピュアだね」

「ベルギーから、何しに来たの？」

「ダンスの留学なんだ」

「クラシックバレエ？」

「元々はクラシックだったんだけど、五年前にコンテンポラリーに転向したんだ」

へえ、と言いながら思わず視線を這わせてしまう。言われてみれば、引き締まった身体をしている。何歳？　と聞くと二十一と答える。二十五くらいかと思っていた私は、思わず苦笑して若いんだねと呟く。

「君は何でロンドンにいるの？」

「理由を聞いたら不思議に思うよ」

「どういう事？」

「ベルギーにいたなら色々知ってるのかな。日本で原発事故があったでしょ？　放射能が心配で、子供と移住したの」

「知ってるよ。チェルノブイリの事故の時、僕の上の姉はもう生まれてて。あの時はパニックだったってママンが言ってた。姉はまだ赤ちゃんだったから、ママンはすごく心配して家に閉じこもってたって。だから君の話は全く不思議じゃない」

「そう？」

「家族はどうしてるの？」

「夫はいないの。だから子供と二人で来た。両親は東京にいる」

「寂しくない？」

寂しくない、そう答えると彼は不思議そうな顔で私を覗き込んだ。距離が近くて落ち着かない。

「どうして？」

「仕方ない事だから」

「仕方ないから寂しくない？」

「そう。仕方ないから、寂しくない」

「僕はすごく寂しいよ」

夜一人でベッドに入ってるとすごく恋しくなるんだ。僕は今一間の部屋に住んでて、最上階の屋根裏だから、こう、斜めになった窓があってね、そこから月明かりが差し込むんだ。その光をベッドから見つめてると故郷の町並みとか、自分の家が頭に浮かんで、胸が痛くなる。僕の家のリビングには、ママンが飾った庭の花があって、もうずいぶん古いんだけど柔らかくて寝心地のいい緑のソファがあるんだ。ママンの作る料理はどれもとても美味しくて、僕が一番好きなのはトマトソースのパスタ。僕の部屋は小さくて、デスクの脇に写真立てがあって、家族の写真がたくさんある。僕はドアーズが好きで、ドアーズのポスターがドアに貼ってあるんだ。それで、上の姉はもう出て行っちゃったんだけど、二番目の姉はよく僕の部屋に遊びに来て、僕のベッドに座って最近ダンスはどうなの？　うまくいってるの？　って話を聞いてくれて、最後には必ず僕には才能があるから大丈夫絶対うまくいくって言ってくれる。二番目の姉は僕よりも先にバレエをやってて、小さな頃はよく、お姉ちゃんが先生役、僕が生徒役で二人でバレエのレッスンごっこをしてたんだ。中学までは彼女もやってて、コンクールでよく賞を取ってて、きっと僕よりも才能があったんじゃないかなって思うんだけど、彼女はいつも僕を励まして前向きにさせてくれる。ママンもね、いつも僕を励ましてくれて、今も毎日メールと電話をしてる。僕の家はすごい田舎にあって、近所の人は皆顔見知りなんだ。近所の皆が、まだこんなに小さかった頃の僕を知ってるんだよ。堰を切ったように優しい声のまま懐かしそうな目をして大きなジェスチャーを交えて話す彼に少し驚きながら、度々相づちを打つ。

「だからこのロンドンは、僕にはあまりに寒すぎる」

柔らかく包み込むような声のままそう言って、彼はようやく初めて笑顔を崩した。

「留学はいつまでなの？」

「とりあえず一年のつもりで、今は半年目。オーディションも並行して受けていって、軌道に乗ればしばらくこっちにいたいんだ。いずれはニューヨークでもダンスをしたいと思ってる。でも心が痛いんだ。ここから僕の故郷まではユーロスターで二時間もあれば着くけど、アメリカにはすごく時間をかけて飛行機で行かないといけないし」

「大丈夫だよ。Skypeも出来るでしょ？　メールもあるし、Facebookはやってる？」

「やってるよ。でもママンはSkypeが苦手だって言ってあんまりしてくれないし、僕がちゃんと教えてあげたのに、Facebookも全然見てないみたいなんだ。もうやり方を忘れちゃったかもしれない」

「お姉ちゃんとは？」

「お姉ちゃんとはよくSkypeするよ。上のお姉ちゃんは、たまにSkypeで姪を見せてくれる。まだ一歳なのに、彼女は僕を見るとサリュ！　ってはっきり言うんだ」

「寂しいかもしれないけど、今はダンスをがんばって。ダンスと仕事がうまくいけば、寂しい時間も減っていくよ」

「分かってる。きっと全部うまくいく。僕はいつも楽観的なんだ。でもたまにどうしても寂しくなるんだ。学校の仲間はイギリス人が多くて、友達はたくさんいるけど、孤独を感じるよ」

　肩をすくめて大げさに寂しいと言う彼は、とても孤独な人には見えなかった。例えば多くの日本人が喜びを表現する時に微笑むのに対し、この人は歓声をあげ誰かを抱きしめキスをして飛び跳ねそうだ。

「写真見る？」

　言いながら彼は財布を取り出し、小さな写真を引き抜いた。これがママン、パパ、上のお姉ちゃんに、二番目のお姉ちゃん、これが僕ね。と一人一人説明して、彼は満足そうに微笑んだ。まだ、彼が十代の頃だろうか、優しそうな家族だった。皆が皆、自分がその家族の一員である事に深く満足しているような、自分が自分である事にそれ以外の可能性を考えもつかないような、そんなしっかりとした人間性を感じる。でも私だって今自分の家族写真を見せれば、彼は同じような印象を持つのかもしれない。

「これも見て」

彼は携帯を取り出し、画像のフォルダを開くと「ロンドンに来る前に撮っておいたんだ。きっと寂しくなるって分かってたからね」「これが僕の家、庭ではママンが野菜と花を育ててる」「これが僕の町だよ。本当に何にもないんだ。この場所から振り返ると後ろは見渡す限り山なんだよ」「見て。これが僕の姪だよ。マリーヌっていうんだ。とっても可愛くて、僕に懐いてるんだ。でもどうかな、Skypeも頻繁にはしてないし、次に帰った時に僕の事を覚えてるかな。お姉ちゃんが僕の写真をよく見せてるといいんだけど。僕たちも撮ろうか？」

え？　と言っている内に彼は携帯のカメラを起動させレンズの向きを内側に変えた。

「ここだよ、見て」

レンズの位置を指差し、ぐっと肩を抱き寄せる彼に呆然としながらレンズを見つめる。にこっと笑った彼と、戸惑いが薄く見える私の顔が保存された。

「君にも送るよ。携帯番号は？」

十一桁の番号を伝えると、彼はテキストで送るねと言ってすぐに写真を送りつけた。見せて見せて、と覗き込んで私の携帯に届いた画像を確認すると、二人ともいい顔だねと満足げに言う。

「まだ聞いてなかったね。君の名前」

暴走車が衝突したようにふっと静かな口調になって彼は私を覗き込んで言った。

「エリナ」

「エリナ？　リナって呼んでいい？」

「いいよ」

「僕はユーリだからね」

「分かった」

「君は恋人がいる？」

「いない」

「じゃあ今度食事に行かない？」

「恋人はいないけど、子供がいる」

「じゃあランチに行こう。ピクニックでもいいね」

「いいよ。でも」

「なに？」

「私とあなたの世界は違いすぎると思う」

「ここに僕たちがいて、二人で話をしたよね？　話しながら僕たちは一つの惑星に立ってたと思うんだ」

頭の中の翻訳機が戸惑うのを感じる。今本当に、この人はplanetと言っただろうか。

「どうして私に声を掛けたの？」

「僕にそんな事を聞くの？」

君は面白いねと言いながら彼は腕を私の首に回し、右左右、と三回エアキスをした。

ぼんやりしながら、私は頻に走る彼の柔らかい髪の感触に心地良さを感じた。

「いけない、もう行かなきゃ。生物の授業があるんだ」

「生物？　ダンサーなのに？」

「ダンスに使う筋肉についての授業なんだ」

「そんな事勉強するの？」

「そうだよ。机に向かって受ける授業も全てダンスのためなんだ」

「すごいね。ダンスのために生きてるみたい」

「僕もそう思う。僕は踊るために生まれてきたんだと思う。音楽を聴くと身体が反応して、勝手に動き出す。パッションが生まれるんだ。だから美しく整頓されたクラシックには向かなかった。クラシックでの挫折は僕にとってとてもショックな出来事だったけど、今となってはあの時に転向して良かったと思ってる。僕はずっとオペラ座バレエ団に憧れてたんだけど、そもそも太ももの長さと足の形からして、入団する事は不可能だったんだ。オペラ座バレエ団には身体的な条件が細かく決められていて、それをクリアしない事には入団も出来ないんだ。でも踊るのを止める事は考えられなかった。僕の内側にあるインスピレーションを身体で表現する。それをしなければ僕は僕じゃない。死んでるって事なんだ」

「あなたはどんなダンスをするの？」

「今度見に来てよ。群舞だけどこの間仕事が決まったんだ」

「本当に？　すごい」

「毎週オーディション受けてるから、たまには受からないとやってられないよ。約束だよ。絶対来てね」

　夜だと出かけづらいな、と思ったけれど、うん分かったと頷いた。ここで言葉を濁したら何分かけて説得し始めるか分からない。

「もう行かなきゃ。会えて良かった。本当にいい時間だった」

　立ち上がった彼は身をかがめてまた三回キスをして、鞄を肩にかけた。

「今度電話するね。メールもするよ」

　分かったまたねと手を振ると、彼は慌ただしく階段を下り、見えなくなる前にまた振り返って手を振って出て行った。嵐に直撃されたような気分だった。急激に訪れた静けさに胸が震えるような空白感を抱く。何だったんだろうあの人は。改めて彼の登場から退場までを思い返し、私はこみ上げていた何かが静まっていくのを感じた。あれ、もう夜？　と急激に焦って窓を見やる。外には燦々と日差しが降り注ぎ、見上げた時計も午後二時を指していた。何でそんな勘違いをしたのか考えて、もしかしたら彼が太陽のように私を照らしていたのかもしれないと思い至る。同時に、そんな事を考えている自分に動揺した。

スターバックスからチューブの駅まで歩きながら、私は強烈な虚しさに襲われた。さっきの彼のような人と一緒にいたら楽しいかもしれない。新しい体験や新しい視点、新しい関係性の中で色々な事が楽しいと感じられるかもしれない。十代の頃は、私も多大な好奇心でもって人と知り合った。次から次へと新しい体験を積み重ねる事でしか生きるためのエネルギーを生産出来ないような気がしていた。楽しい日々を過ごす事。それだけが私を生かしていると思っていた。でも今、私にとって楽しいという事はそれほどの麻薬ではない。私はもう楽しさの先にある虚無を知っている。結局、全てが徒労に終わる。全てが暇つぶし。人はどうせ生まれて食べて糞して死ぬ。楽しみが多いか少ないかにさほど大きな意味はない。粛々と生きて粛々と死んでいく。どんな人生を送ったってそれしか出来ない。カート・コバーンみたいに壮絶な人生を送ったって、農家に生まれて九十歳まで農業をやって死んでいったって、さして変わらない。皆等しく、自分に出来る事をやって死んでいく。それだけだ。皆が等しく、自分に出来る事しか出来ない。

そんな人生の中で、楽しさなんてものはほとんど無意味だ。そんなものに現《うつつ》を抜かせるのは若い内だけで、それが無意味だと気づいた瞬間から、長い長い余生が始まる。

真っ直ぐな人でありたいと思い続けてきた。下手にアイロニカルだったり、斜に構えたりする人にはなりたくなかったし、今だってそういう人にはなっていないと思うけれど、自分の内面に巣くう倦怠、諦念、無力感は否定出来ない。震災があって、買ったばかりだったワイングラスが全て割れ、原発事故が起こり、なんやかんやでイギリスに来て、英語が下手なせいで馬鹿みたいに大変な毎日を過ごして、全ての手続きがうまくいかない事に怒り、悲しみ、英語を勉強し、新しい環境に放り込まれきっとひどいストレスに苛まれているであろうセイラのフォローもしてやれない事を申し訳なく思いながら毎日毎日倒れるようにして眠り、そうして震災から一年が過ぎた頃、私はふと、唯一無二の存在だと思っていた自分自身が、いつからか多数の人々に埋もれる一つの点になっている事に気がついた。元々、私は点だったはずだ。自分は唯一無二であるという私の幻想、思い込みが打ち砕かれただけだ。でも幻想という無味無臭無形のものを打ち砕かれたくらい何だ、とは思えなかった。震災よりも原発事故よりも移住よりも言葉の通じない生活よりも、私にとって最も辛かったのは自分自身やセイラ、そして自分自身を取り巻く環境を唯一無二と思えなくなった事だった。自分を唯一無二と思うその幻想は、余裕の象徴なのかもしれない。例えば裸族や戦争中の国に中二病や引きこもりがいないように、自我の病はある一定の水準を満たした環境に於いてのみ発症する。私は自我の病を、自分が唯一無二の存在であるという思い込みを、この異国の地で喪失した。それがとてつもなく辛かった。私が直面したのは、既に震災でも原発事故でも放射能でもなく、それによって浮き彫りになった己の本来性の問題だった。私は、埋もれる点として生きていく事の難しさに直面していた。これまで生きてきた世界とは、何もかもが違っていた。生の価値も、死の価値も、愛の価値も、祈りの価値も、全てがこれまでとは違っていた。その事に気づいたのは、こんな世界で生きていけないと悲観するほど早くはなく、大丈夫これまでも何とかやってきたんだから、と楽観するほど遅くもなかった。

お父さんはいないの？　と聞くとマリーは、そうなのパパは休暇をとって別荘に行ったのよと肩をすくめて言った。イギリス人は子供もよく肩をすくめる。マリーとママはウィークエンドに二人で追いかけるの、と続けるマリーに、今年は仕事が忙しくてとクロエが肩をすくめて付け加える。イギリス人が集まると肩すくめの嵐だ。


「心配だったの。英語が下手な私が来ても大丈夫なのか」

「大丈夫よ。エリナはちゃんと話せてる」

「本当はもっとしっかり勉強したいんだけど」

「私と話すのが勉強よ」

クロエはオーブンに向けていた視線をくるりと私に向けて笑った。マリーとセイラは子供部屋に行ってしまったようで、奥の部屋からきゃっきゃと遊ぶ声が聞こえてくる。

「あの二人は本当にぴったりね」

「ぴったり?」

「息が合ってるの。双子みたいに。リトルラビットの遊び知ってる?」

「リトルラビット、ケイムトゥー?」

セイラがよく家で歌っている、日本でいうアルプス一万尺、のような二人組でやる手遊び歌だった。

「そうそう。二人があれやってる所見た事ある? この間お迎えの時に見たんだけど、あの二人、鏡に映したみたいにぴったりおんなじ動きをするのよ」

「へえ。後でやらせてみよう」

「セイラはこの間まで英語も喋れなかったのに、彼女たちのハートがここまで通じてるのはすごい事だと思うの。運命の出会いね」

大げさだなと思いながら、私はこの間マリーが言っていたという、私が死ねばいいという話を思い出していた。何となく、この家でディナーをする事に、私は気後れしていた。まさか毒を盛られるとは思わないけれど、マリーのブラウンともグレーともつかない薄い色の瞳を見ていると、彼女が何を考えているのか分からなくて怖くなる事がある。

イギリスのいい所は、人種差別のない所だと私は思ってきた。それは治安のいい場所に住んでいるからであって、低所得者の住む地域に行くと剝き出しの差別を受けると聞いた事もあるけれど、とにかく私はイギリスに来て以来、人種差別的な扱いを受けた事は一度もなかった。でも、移民社会に住んでいると、相手が何を考えているのか分からないという不安がつきまとう。生きてきた文化、環境が違う人たちが道を行き交っている。紛争下から命からがら逃げて来た人もいれば、貧困と飢餓から逃げて来た人もいれば、イギリスが好きで移住する欧米の富裕層もいれば、私みたいに放射能を気にしてやって来た日本人もいて、日本人の中には真里みたいに駐在で来ている人もいれば、学生ビザでやって来て不法就労している若者もいる。たくさんの人種がいて、その中には貨物船に忍び込んで不法入国する人もいて、相手がどんな思いや過去を抱えどんな人生を生きているのか私には想像もつかないし、向こうも私たちの事がよく分からないだろう。そうしてあらゆる人種と入り交じって暮らしながら、次第にその分からない状況にも慣れがきて、どんな人と話してもさほど動じなくなっていくものだけれど、私はいつまで経っても白人の小さな子供の薄い色の瞳が苦手だった。見ていると、吸い込まれそうになる。いつも何か疑問符を浮かべたような、自分に対して持っているのが悪意なのか好意なのか判断のつかない目を見ていると、時々一瞬にして頭が真っ白になるのだ。

一年くらい前、セイラがマリーとアンナという女の子の話をしていた。マリーとアンナはトイレでセイラを見つけると、いつもセイラがおしっこした後に拭きたがるの、と話していて、何ともヨーロッパ的な話だなと思っていたのだけれど、それを聞いた時も私は二人の色素の薄い瞳を思い浮かべ、何か言葉に出来ない振動が胸に走るのを感じた。幼稚園児ならまだしも、八歳の子供がそんな事をするなんてと違和感を抱きながら、自分でしなさいよと妙な印象を与えないように素っ気なく言うと、だって二人が拭いてあげる、って言うんだもん、とセイラは無邪気に答えただけだった。その習慣が今も続いているのかどうか知らないけれど、イギリスに於ける羞恥と、人との距離感、気持ちの表現方法が、日本に於けるそれと意外にかけ離れている事は、イギリス生活が長くなるほど実感する。

きゃっきゃと声が聞こえる。彼女たちは何をしているんだろう。彼女たちは、何を面白いと思っているのだろう。時々、セイラの事までもが分からなくなる。現地の学校で荒波に揉まれるように生きている彼女が、今自分や周囲や環境をどう定義しているのか、分からない。日本にいた頃には全くなかった、娘の気持ちや考えが分からなくなっていく感覚は、もちろん成長によるものもあるだろうが、イギリスに来て一気に波になって押し寄せてきたように思う。

「エリナ、ムニエルをそこのお皿に並べてくれる？」

はっとして、ぼんやりと傾けていたシャンパングラスを置き、オーケイ、と答える。

「エリナの英語は可愛いわ」

「これでも日本人の間では発音いい方だって言われるんだけど」

「発音が悪いって事じゃないのよ。可愛いの。語尾が何て言うか、丸い感じ？　ナーシサスの上の一滴の水みたい」

ナーシサスが何だったか思い出せないけれど、何となく植物であろう事は予想がついた。

「クロエはロマンチストね」

苦笑いして言うと、クロエは本当よ、と木製のスパチュラを手渡しながら微笑んで言った。サンキュ、と小さく呟くと、ほらね、とクロエは笑った。居心地の悪さを押し隠すようにして、私はムニエルをフライパンから注意深く掬い上げ、横に用意されていた野菜のマリネを盛りつける。

「旦那さんは、先に別荘に行って何をしてるの？」

「何かしら。きっとまず掃除をして、読書かしら」

「日本人は別荘って聞くとすごくリッチなイメージを持つの」

「それは間違いよ」

「私も最近知ったの。読書、散歩、がほとんどなんでしょ？」

「そう。読書、散歩、料理をして、ゆっくり眠るの。クルージングとか、豪邸でパーティとか、そういう事をするわけじゃないの。私たちがウィークエンドにしてるような日常を、自然のある場所に持って行くだけよ。ロンドンの公園は空気も悪いし、美しくないでしょ」

　正直、青山に住んでいた私はロンドンに来た当初、公園の多さと広さ、綺麗さに驚いたのだけど、実際住んでいる人たちの評価は意外に低くて二重の驚きだった。適当に相づちを打ちながらムニエルとマリネを盛りつけ終え、テーブルに運んだ。かりっと焼き上げられたムニエルとマリネは、南蛮漬けを思わせる。

　マム！　マム！　大きな声がして、セイラとマリーが出て来る。二人とも長いドレスを着て、手には口紅を持っている。イギリスの女の子は、何故か自分のワードローブに何枚もドレスを持っている。日本ではハロウィンの時にしか着ないような、ディズニーストアで売っているような、シンデレラとか、ラプンツェルとかのドレスだ。ミナは七枚持ってるんだって、セシルは六枚、セイラはまだ四枚しかないでしょう？　と、この間も新しいドレスをねだられた。

「これやって。綺麗にね」

　いつも、私の前ではほとんど英語を喋らないセイラが、今日ばかりは英語でお願いしてきた。ご飯食べたら落ちちゃうよ、ご飯の後にしたら？　と言うと、やだ今したいのマリーも同じ色にしてね、と口紅を渡された。派手なピンクだった。小さな女の子二人に口紅を引くと、私は上唇と下唇をすり合わせる仕草をして見せた。んー、ってやってごらん、と言うと二人は私の真似をして、どぎつくなった顔を見合わせて笑った。マリーがレッツプレイと言ってセイラの手を取り二人は部屋に戻って行った。きっと、二人で鏡を見て、くるくる回ってはしゃぐんだろう。

鮭のムニエルとマリネ、ローストビーフにクスクスのサラダ、デザートは子供にティラミス、私たちはチーズだった。クロエは、クスクスは日本ではお米と並ぶメジャーな食材だと思っていたようで、勘違いだったと知るとエリナのためにクスクスのレシピを探したのにと大げさに残念がった。子供たちはローストビーフの辺りでもう集中力が途切れ、二人でソファに座って手遊び歌をやったり、カードゲームをやったりして、デザートの時間まで遊んでいた。シャンパンが一本空き、ワインが一本空いた頃、私は随分リラックスしてクロエの家に馴染んでいた。食後にウィスキーを飲み始めた頃、セイラとマリーはソファで一枚のブランケットに仲良く潜り、手をつないだまま眠っていた。まだドレスを着たまま、口紅はよれて、寄りかかり合うようにして眠っている二人を見て、私は思わず携帯で写真を撮った。あら可愛い、クロエもそう言って、携帯をかざした。もちろん文化の違いなのだろうけれど、日本人の子供たちと比べて、イギリスの子供たちは随分と子供っぽい。思考も遊びも話も、幼く感じられる。それこそ二年前、イギリスに来る前のセイラの方が、今のセイラよりも大人びていたようにすら思う。私が九歳の頃は、もう友達と手をつなぐ事もなかったし、お姫様みたいなドレスになんて興味がなかったし、友達とブランケットにくるまって一緒に寝てしまう事だってなかった。でも、食事中にセイラの唇が汚れるとナプキンで優しく拭うマリーの姿は、子供っぽい戯れのようでありながら、どこか艶めかしさを感じさせた。彼女たちは肉体的だ。意識で繋がっているのではなく、その触れている手が、その触れている唇が、その触れている体が、直接的に彼女たちの繋がりを作っているように見える。

来たばかりの頃、お迎えの時に仲良しの子たちから慣れていないエアキスを一方的に受け、よれよれになって友達の輪を出て来るセイラを見て心配したけれど、彼女はあっという間にハグとキスの文化に慣れ、好きな子の両頰にエアキスをするようになった。この習慣に染まった彼らの身体は、愛する者を見るとそれに触れたくなるのだ。肉体が触れたがり、キスをしたがるのだ。

「煙草を吸わない？」

うん行こうと答えながら、バルコニーに灰皿があるから、と言う彼女に付いてキッチンからバルコニーに出ると、デッキチェアが二つ並べられていて、反射的に私もバルコニーのある家に住みたかった、と呟いていた。

「天気のいい日はここでビールを飲むの」

「クロエは旦那さんと仲が良いのね」

「そうでもないわ。彼には愛してる人が他にいるの」

愛してる人が他にいる、という言葉がうまく理解出来ない。イギリスに於ける男女関係の基礎知識が足りないため、どんな言葉をかけるのが適切なのか私には分からなかった。

「私たちはきっと近い内にお別れする事になるわ」

「離婚っていうこと？」

「そうよ」

「でも、別居しなきゃいけないんじゃない？」

「そうね。きっと近い内に別居を始めるわ」

「でも、二年？　別居しないと離婚出来ないんでしょ？」

イギリスでは二年の別居期間がないと、双方の合意があっても離婚は出来ない。片方のみが離婚を望んでいる場合は五年の別居期間が必要だという。そのせいで事実婚の夫婦が多いとも聞く。

「そう。二年待つの。彼は今の恋人と暮らし始めるだろうし、私にも二年以内にきっと恋人が出来ちゃうわね」

「私も昔離婚したけど、日本では、紙一枚提出すればその日に離婚出来るのよ」

「本当に？」

「本人たちが合意していれば」

「イギリスにそんな制度が導入されたら、大変な事になるわ」

私たちは顔を見合わせて笑った。確かにそうかもしれない。女性は離婚後半年間再婚が出来ないという制度についても話したかったけれど、その理由である妊娠出産などについて正確に伝えられる自信がなくて諦める。

「でも意外だわ。日本人の女性は、夫に全てを捧げるようなイメージがあるから」

「今はちょっと違うかな。日本でも、イギリスほどじゃないけど、女性が働くようになってきたし」

「それはいい事ね。うんざりする事はたくさんあるけど、働くのは大切な事よ」

男も女も基本皆働く国であるイギリスに於いて、専業主婦というのはよっぽどの金持ちと結婚した女性だけが持てるステイタスで、そういう女性は働かない代わりにボランティア活動や社会活動をしていたりする。家に籠もって家事と育児だけの生活を何十年も続けるような人はこっちにはほとんどいない。イギリス人は男も女も、知り合ってすぐに「仕事は何をしているの？」と聞く。そして、就労出来ないビザだと話すと、可哀想にと皆口を揃えるのだ。就労していない人間は、まだ学校に通っている子供たちと同じように無力なもので、大人としての人権を剝奪されているかのように捉えられているのがひしひしと伝わってくる。

「クロエは、もう彼を愛してないの？」

「もう愛してないわ」

穏やかな表情でクロエは言って、隣のデッキチェアから真っ直ぐ私を見つめた。イギリス人は、何故こんなにもじっと人の顔を見るのだろう。来た頃からずっと思っていた。クロエの赤茶の髪が風に揺れている。きつめのアイラインが引かれた大きな目が、じっと私を見つめている。

「彼が好きよ。でもそれは愛じゃない」

イギリス人はよく、愛していると愛していないを区別する。あなたへの愛がなくなった。他の人を愛してしまった。彼を愛してしまった。その恋愛感情はまるで生理現象のように捉えられ、相手が心移りをした事、他の人を愛してしまった事を、自分ではどうしようもない事実として受け止めているように見える。愛情に対して、どうしても何故もなく、ただ愛してしまった、それだけ、という態度で愛に向き合っているように見える。子供たちを見ていてもよく思う。この子たちは自分の思った事を言っている、と。日本の子供たちは、空気を読んだり、誰々の手前だからこう言おうとか、かっこいいかっこわるいも計算に入れて、言う事を決めているように見える。それに対して、イギリスの子供たちは、思った事がそのまま口から飛び出しているように見える。頭と口が直結して、分からない事は分からないと言い、分かる事は「知ってる私それ知ってる！」

と勢い込んで喋る。

「私は一人になるわ。マリーと二人で生きるの」

またいい人が現れるはずと言おうとした瞬間、クロエの手が私の髪に触れた。温かいその手が髪と頬を撫で、クロエの唇が私の唇に重なった。自分がレズであると勘違いさせる要素が自分にあっただろうかと記憶を巡らせると同時に、頭が混乱していく。押し戻す事も応える事も出来ず、甘噛みするようにまとわりつく唇に困惑しながら、唇のずれた隙間から待ってと短く言うと、クロエは私の髪に触れたまま少しだけ顔を離した。私はクロエの肩を軽く押して、ノーと呟いた。

「ごめんなさい。エリナが綺麗だったから」

これも、彼女の正直な言葉なのだろうか。

「セイラは今日預かるわ。エリナは、泊まっていってもいいし、明日迎えに来てくれてもいいから」

「いいの、今日は帰るわ。バスもまだ走ってるし」

それだけ言うと私は煙草をポケットに入れて立ち上がった。リビングに戻ってセイラの手の甲をぱちぱちと叩き、帰るよと言う。ここに来てから初めて日本語を発した事に気がついて、解放されたような気分になる。起きて、家に帰るよ、セイラ。日本語を話せば話すほど、気持ちが楽になっていく。セイラ、セイラ、頬を叩くと、セイラはうっすらと目を開けて、お泊まりしたいと日本語で呟いた。

「エリナ、可哀想よ。あんなに遊んで疲れてるだろうし、きっと歩けないわ」

「でも」

「大丈夫よ。ベッドに運んで、朝になったらご飯を作るだけよ。朝ご飯が終わる頃、八時か九時にお迎えに来て」

分かったと答えると、私はバッグと上着を手に持ち、料理とても美味しかったわと言って玄関に向かった。

「また遊びに来て」

もちろん、私は微笑んでそう答えると、ドアを開けた。そしてキスもせず、ドアを閉めた。

一人で夜のロンドンを歩くなんて、いつ以来だろう。人も風景も、いつも目にしているものとは別物に見える。いつもの道が、どこか知らない地のように感じられた。バスに乗ろうかどうか迷って、十五分ほどの道を歩く事にした。歩きながら携帯を見ると、修人からメッセージが入っていた。「久しぶりの仕事、順調に進んでいます。前のようにはいかないけど、ちょっと希望が見えてきました。」おめでとうも良かったねも上っ面な言葉でしかないように思えて、返事をせずに携帯をバッグに仕舞った。最悪な気分だった。カフェのテラスに座っている客たちは、皆気分が良さそうだ。カフェの目の前にあるチューブの看板を見上げた次の瞬間、私は何かに取り憑かれたように階段を下りていた。夜出かける事自体珍しい上に、そういう時は大抵歩いて行ける距離か、遠い時はタクシーに乗っていたから、夜のチューブに乗るのは初めてだった。騒いでいる若者、暗い面持ちの物乞い、カップル、私は中流から貧困層が入り乱れるチューブに乗り込んだ。

一回乗り換えてオクスフォードサーカスでチューブを降り、地上に出ると、家の方よりもずっと明るかった。まだ開いているレストラン、バー、カフェが多く、私は少しだけ気分が楽になったのを感じる。でもこの明かりも、あと二時間もすればほとんどなくなるのだろう。しばらく歩いて、不意に前に真里と行った事のあるスペインバルを思い出した。確か、トッテナムコートロードの近くだったはずだ。行ってみようかなと思い、マップを見るため携帯を取り出すと、トップ画面にメッセージが映し出されていた。

「お父さん再発したみたい」

千鶴ちゃんだった。お父さんの癌は、十年前食道癌から始まり、肝臓に転移し、二度の手術と放射線治療によって完治したはずだった。ここ五年ほどは、半年に一度の検診だけで、特に症状もなく安定していた。またかという苛立ちと諦めのため息が出る。千鶴ちゃんも私も海外にいる中で、お母さんは一人でお父さんを看病出来るのだろうか。お父さんに症状は出ているのだろうか。色々な思いが浮かぶ中、また携帯がぶるっと震えた。「今度は肺」。千鶴ちゃんはどうするのだろう。帰国する気はあるのだろうか。

人が死ぬという事は、とても悲しい事だと思っていた。子供の頃、近所に住んでいたおばあちゃんの家によく遊びに行っていた私はおばあちゃん子で、十歳の時に彼女が死ぬと、私は世界の全てのものが信じられなくなった。こんな悲しみが存在する世界で、私はもう生きていかれないと思った。

三年前、千鶴ちゃんの息子が死んだ時もそうだった。フランスで出産した千鶴ちゃんの息子には、会った事もなかった。写真だって、親が画像を転送してくる事が何度かあっただけで、千鶴ちゃん自身からは息子が生まれましたという連絡一本しかもらっていなかった。でもその会った事もない小さな赤ん坊が、千鶴ちゃんの子供が死んだという事実に、私はひどい苦しみを抱いた。自分でも不可解なほど、夜になると涙が止まらなくなり、抱いた事もないその小さな体を想った。その悲しみは幾日も続き、当時一緒に住んでいた元彼はそんなに辛いならお姉さんに連絡して、悲しみを共有したらと言った。悲しみを共有するという事に私は意味を見いだせなかったし、彼に対しては何と勘の悪い人だろうという驚きを持った。

でも何故か父親には、全く違う気持ちを持つのだ。癌をやる前にも結石や痛風などに悩まされ、転移を繰り返している父親に対して、私は何の悲しみも持たない。ただひたすら脳裏に「ぽんこつ」という言葉が残るのだ。私は父親の事が好きだ。私たちが一緒にいる様子を見た人は大抵、お父さんと仲いいんだね、と言う。父親には何の恨みもない。でも病気を繰り返す父親に、何故か悲しみは全く生じず、使い古された車やパソコンにどんどんトラブルが増えていくのを見ているような、そんな乾いた感想しか出てこないのだ。機械はいい。自分で捨てる時期を決められる。でも人間は、捨てるわけにはいかない。どんなぽんこつになっても、誰かが世話をし続け、お金をかけ続け、治すなり、看取るなりして、死んだら死んだで燃やしたり埋めたりしなければならない。不謹慎だと言われるのが分かっているから誰にも言わないけれど、そういう印象を抱く人は少なくないだろう。こっちが壊れたあっちが壊れたと、体一つに右往左往している人間は滑稽だ。もちろん何とかしてあげたいと思う。何とかして、彼の苦しみを減らしてあげられないか、自分に出来る事はないかと考える。でも、いつも心に残るのは「パパは壊れた」という残念な気持ちだった。

何と答えていいのか分からず、私はＳＮＳを開かないまま携帯を鞄に入れた。前から歩いてくる酔っぱらいの若者がチャイニーズ？　と聞く。無視しているとジャパニーズ？　と重ねて聞く。無視して通り過ぎようとすると、彼は私の前に立ちはだかり俺はチェコから来た、と言った。連れの二人の男たちが止めろよと呆れたように言って彼の肩を摑んだ。

「君は君の国を愛してないの？」

彼は目を見開いて不思議そうな顔で聞いた。私は何故か一瞬にして顔がかっと熱くなり、堪えきれないほど激しい怒りが湧いていくのが分かった。私は黙ったまま男をすり抜けて足を速めた。男は後ろで何か喚いていたけれど、意味は分からなかった。多分、語学学校の先生は教えない、口汚い言葉だ。スペインバルは閉まっていて、私は人気のなくなってきた道を見やり、その場に呆然と立ち尽くし、ふと思いついてまた携帯を取り出した。

「ハイ」

「リナ？」

「うん。今大丈夫？」

「もちろん。リナ、今どこにいるの？」

「トッテナムの辺り」

「ご飯は食べた？　子供は？」

「子供は友達の家に泊まるの。ご飯は食べた」

「じゃあワインを飲みに行こう」

「今大丈夫なの？」

「大丈夫だよ。どうして大丈夫じゃないの？」

笑いながら言って、僕の家は割と近いから歩いて行くよ、リナも僕の方に向かってくれる？　それともどこかお店で待っててもいいよ、あ、ピカデリーサーカスに僕のお気に入りのアイリッシュパブがあるんだ綺麗な店じゃないけど店主がすごく気さくな人でね、ちょっと待ってアドレス分かるかな？　ああ分からないな、じゃあピカデリーサーカスの駅で待ち合わせにしようか？　と一方的に話すと、私の分かったじゃあ駅でねという言葉を確認してバイ、と呟き電話を切った。

　ピカデリーサーカスまでの道を歩きながら、ポケットの中の携帯に触れる。不思議だった。泥沼を歩いているような足の重さが消えていた。一歩一歩足を踏み出す度に、乾いた泥がぱらぱらと地面にこぼれ落ちていくようだった。

「リナ！」

　広場で待っている私を呼んだユーリは、横断歩道の道路の向こうを軽い足取りで歩きながら大きく手を振った。子供の頃には感じた事のなかった、疲れるという感覚、自分の意思で動かないような身体の重さ。そういうものを最近よく感じる。五分も走れないし、二時間も歩けば足が痛くなるし、アルコールの消化力も落ちている気がする。子供の頃、家族で登山に行った時、パパとママ全然歩けないんだね、と千鶴ちゃんとくすくす笑い合いながら駆け上っていたのを思い出す。ちょっと待ってよー、と苦しげに言っていた母に、私はどんどん近づいている。横断歩道をとっとっとっ、と軽いステップで走ってくる彼を見て、そんな事を考えていた。

「リナ」

彼は嬉しそうに名前を呼んで走ってきた勢いのままぎゅっと抱きしめ、右、左、右、とエアキスをした。

「電話してくれてありがとう」

本当は今夜僕も電話しようかと思ってたんだよ。そうしたらリナから電話が来た。だからすごくびっくりしたんだ。一つ宿題があってね、それが終わったら電話しようと思ってたんだ。そう言う彼の頭は濡れていて、私は思わず彼の髪に手を伸ばす。

「寒くない？」

「うん。大丈夫。練習の後帰って寝ちゃって、起きてシャワー浴びてさあ宿題やろうって所だったんだ」

「宿題いいの？」

「大丈夫だよ。こう見えて僕は結構頭がきれるんだよ」

行こう、と言って彼は私の腕に腕を絡めてこっちだよと歩き始めた。弟がいたらこんな感じなのかもしれない。元気で潑剌《はつらつ》としていて、甘え上手で、誰からも愛されるような、そんな弟がいたら私はきっと可愛がっただろう。きっと彼のお姉さんたちも、彼の事が可愛くて仕方ないのだろう。

「ベルギーでは何歳からお酒が飲めるの？」

「十六だよ。日本は違う？」

「日本は煙草もお酒も二十歳から」

「随分遅いんだね」

「やっぱりベルギー人はビールが好きなの？」

「大好きだよ！　でも僕はワインも大好きだし、ウォッカも大好きだし、大抵どこの国の料理もお酒も好きだよ。リナは？」

「私は、毎日ワインを飲んでる。あとはたまにジンとウォッカ」

「日本のお酒とか、料理が恋しくなったりしない？」

「しない。私も何でも好きなの」

「良かった。これから行くパブのソーセージはすごく美味しいんだよ。僕のパパはドイツ人だから、僕もソーセージにはうるさいんだ。いつかベルギー一のソーセージを食べさせてあげるよ。僕の家の近くのブーシュリーは多分世界一なんだ」

　腕を組みながら彼は私の肩に頭を載せてくる。その甘えぶりは幼い頃のセイラを思い出すほどだった。セイラは本当に、いつも自分の世界に入り込んでいるかニコニコしているかのどちらかで、困らされた記憶は一切ないと言っても過言ではないほど扱いやすい子だった。自分の世界に入っている時は周りが見えず、ちょっと空想好きが過ぎるような気もしたけれど、私はセイラのその空想話を聞くのが好きだった。まだ四歳か五歳の頃、透明な定規を真横から見つめている彼女に何してるのと聞いたら、この定規に閉じ込められた人たちがいるの、その人たちがいつも喧嘩していて、どうしたら皆で仲良く暮らせるのか話し合っている所、と話した。セイラのベッドの下に住んでる男の子とお母さんがいて、そのお母さんがものすごく怖い顔の人で、この間覗き込んだら目が合って動けなくなったの、とぞっとするような話をしていた事もあった。十歳間近の彼女はもう、私に空想の話をしてくれなくなったし、私にべたべたと甘える事もない。イギリスにいるからスキンシップは多い方かもしれないけれど、かつての心身ともに結びついているような関係をもう私たちは持っていない。まだ身体がふくふくと柔らかかった彼女が、ママ、ママ、といつもニコニコしながらまとわりついてくるのが、私は嬉しくて堪らなかった。どこを触ってもマシュマロのように柔らかかった彼女の体がどんどん大きく伸びていき、成長期特有の骨張った形になり、私よりもほっそりとしていくのを見ながら、私は軽い喪失感を抱いてきた。

ここだよと彼が手をかけたのは、何となく洞窟を思わせる漆喰塗りの外壁の、上が丸くなっている木製のドアで、ホビットの家みたいと思いながら私は彼に続いた。

「ボナセーラ、ミシェル」

席につく前に彼はカウンターから出てきた太ったおじさんにそう言って、両手を大きく広げてハグをしてキスをした。本当に誰にでもキスするんだなと思っていると、その勢いで私もおじさんにキスをされた。彼はイタリア語でおじさんと話し、注文もイタリア語ですると隣に座った。

「彼はイタリア人なんだ」

「ユーリはイタリア語も喋れるの？」

「中学生の頃イタリア人の友達と仲が良かったんだ」

「何ヶ国語話せるの？」

「オランダ、フランス、ドイツ、イタリア、英語、あとスペイン人の友達も何人かいるから、スペイン語もちょっと喋れるよ。イタリア語とスペイン語は読み書きは出来ないけどね。リナに教えてもらえば日本語も加わるね」

彼にとってのイタリア語やスペイン語は、きっと東京人にとっての関西弁や、東北弁程度のものなのだろう。

「日本語は難しいよ」

「僕もカンジを書けるようになりたいんだ」

「カンジねえ」

「リナもカンジ書けるんでしょ？」

当たり前だよと笑うと、ちょっと書いてみてよと彼は鞄の中を漁って手帳とペンを取り出した。リナの名前を書いてと言われて、私の名前は、名字は漢字だけど名前はカタカナなのと言うと、彼は不思議そうな顔でカタカナってなにと聞いた。

「何て言ったらいいのかな。日本語には三つの文字があって、一つが漢字、中国から入ってきたものね、ひらがなは日本独特の文字で、基本的に日本語は漢字とひらがなで書かれてるんだけど、カタカナっていうのは、英語とか、外国から入ってきた言葉に当てられる文字なの」

「じゃあ日本人は三つの文字を使ってるの？」

「まあそういう事になるね」

ノーン、と両手を上に向けて開いてみせ、落胆を示す彼に笑ってしまう。

「僕にはそんなの無理だよ」

「だから日本人の頭はいっぱいいっぱいで、外国語がなかなか入らないのかもね」

まずはインターネットで日本語の成り立ちから勉強するよと言うユーリに、フランス語も難しいんでしょ？　と聞くと、そんな事ないよRが独特な発音だから最初は話しにくいかもしれないけど、リナもすぐに喋れるようになる、フランス語は三つも文字の種類がないからね、と笑った。おじさんが持ってきたワインが注がれ、私たちは同時にチアーズ、と言うと、チアーズって日本語で何ていうの？　フランス語では？　と私たちは言い合った。何だか、子供たちの話みたいだ。難しい話がなくて、ただ思った事を言い合う。それだけでいい関係は物足りなくもあるけれど、心地良かった。日本人同士だったら、90%が共通の知識としてあるものが、相手が外国人であるだけで新しい発見に満ちた話になる。こういう話は、聞き取りやすくていい。市役所や学校なんかでするシビアな話と違って、簡単で、無理がなくていい。それに、彼の英語はとても聞き取りやすかった。私が日本人だから簡単な言葉で喋っているのだろうけれど、発音にも全く癖がなかった。

「私、何となくベルギー人は無口だと思ってたんだけど、ユーリは全然違うね」

「僕のママンは南フランスの人だからね。とっても明るい人なんだよ。パパはドイツ人だけど、お酒を飲むとよく喋るよ。上のお姉ちゃんはパパに似てて、ちょっと静かな方だけど、二番目のお姉ちゃんはすごくおしゃべりで僕と似てるんだ。リナにはきょうだいはいないの？」

「一人お姉ちゃんがいるよ」

「リナのお姉さんはどんな人？」

「うーん、真面目で、しっかりしてる人」

「何をしてるの？」

「多分、シンガポールにいる。彼女の旦那さんが仕事で派遣されてて、一緒に行ってる。そうだ。お姉ちゃんはシンガポールに行く前はフランスにいたの」

「でも、子供が二人とも海外に行っちゃって、ママンとパパは寂しいね」

思わずさっきのメッセージが思い出されて、憂鬱が胸の底から押し上げられてくる。

「私のパパは死ぬかもしれない」

「リナのパパが？」

「癌なの。もう何度も転移してて」

「本当に？　日本に帰らなくていいの？」

「もし死んだらお葬式には行くと思う」

「生きてる間に会わないと」

「今はSkypeもあるし、顔を見て話す事も出来るし」

「駄目だよ。人は触れ合わないと何も伝わらないよ。ほら、手をつないでると相手の気持ちが分かったりするでしょ？」

テーブルの上に置かれた私の手を取って彼はじっと私を覗き込んだ。

「日本人にはスキンシップの習慣がないから、触れなくても相手が何を考えているか分かるの。一つの視線の動き、一つの動作で、相手が何を考えているか分かる」

「魔法みたいだね。本当かな？」

「本当だよ。ユーリが今何を考えてるかも分かる」

「僕はリナが何を考えてるか分からないよ」

もっと触れ合えば分かるのかな、と続けて肩を抱くユーリはまったく人たらしというか女たらしというか、人をたらさずには生きていかれないような性を感じるし、おじさんの持ってきたソーセージにほらね美味しそうでしょ？　さあ食べようと喜んでいる子供のような姿にも同じく天性のものを感じる。彼は本当に、自分で自分をコントロールしようと思っていないような、ただ思うままに草原を駆け回って狩りをして食べて寝る動物のように、自分が何故生きているのかなんて考えた事がないような人に見える。私もそんな風に言われてきた。エリナは自然体でいいね、自分の好きなように生きられていいね、人の事なんて全然見えてないんだね。傷ついたわけではなかったけれど、その言葉はとても印象的だった。誰の言葉だったか、昔の友達だったか、いや、千鶴ちゃんだ。いつ、どうしてそんな事を言われたのか思い出せないけれど、突き放すような言葉の響きをよく覚えている。千鶴ちゃんは私の事を何も分かっていない。改めて今思う。私はユーリのような自然体で生きているわけじゃない。それは私の美意識が作り上げた自然体であって、ジャングルの中から自然発生したようなものとは成り立ちが違う。

ソーセージは、肉汁がぼたぼたと垂れて困るほどジューシーで、程よい焦げ目がじわっと染みるスモーキーな味を出していた。ワインに脂ぎったソーセージ。私は食べながら自分が獣になったような気分になるけれど、ぱくぱくと口に運び、付け合わせのザワークラウトもむしゃむしゃ食べるユーリを見るとやっぱり私は獣というよりも小動物だなという気になる。

「リナはいつも何をしてるの？」

「いつも？　家の事と、英語の勉強」

「仕事はしてないの？」

「就労出来ないビザだから。いずれは就労ビザを取りたいけど、そもそも今のビザもどこまで出るか分からないし。更新の時期は本当に生きた心地がしなくて。イギリスは本当にビザに厳しくて」

「僕もビザ取るのに苦労したよ。移民局で何度もひどい扱いを受けて」

「それはどこの国の人も同じなんだね」

笑い合うと、彼はまた私の肩を抱いてもう一方の手を私の膝に置いた。彼はきっと、ずっとこんな風に本能の赴くままに生きてきたんだろう。

「ベルギー人はこんなにスキンシップをするものなの？」

「僕はいつもこうだよ」

言いながら彼は私の肩に頭を載せた。

「リナと会ってからずっとリナの事を考えてたよ。僕は好きなものがあるとそれについて考えずにいられないんだ。ダンスの事もママンの事も友達の事もリナの事も考えなきゃいけないから大変だよ。でもダンスをしてる時僕はダンスの事を考えないし、ママンと一緒にいる時はママンの事は考えてなかった。今こうしてリナと触れ合ってる時僕はリナの事を考えてない。リナを感じて、見つめて、伝えたい事を伝えられる。それは僕にとってとても幸せな事だよ」

「私は、一緒にいてもユーリの事を考えてる」

「何を考えてるの？　僕はリナみたいに人の心が読めないんだ」

「ユーリは太陽みたいだって思うの。一緒にいると太陽に照らされて、あなたがいなくなると恐竜が皆死んでしまったように、私も死んでしまうような気がする。この間あなたがバイバイってカフェから出て行った時、私は生きていくために必要な何かを失ったような気がした」

「いいと思うよ」

「いいと思うって……」

「僕なしで生きていかれなくなればいい」

真面目な顔でそう言う彼に、私は言葉に詰まって何も答えられなかった。

「僕たちが望む限り僕たちは一緒にいられるんだから」

本気で言ってるのかと呆れてため息が出る。二十一歳田舎育ちのベルギー人の思考にはついていけない。でも、私たちは国籍も違うし、私には子供がいるし、彼はまだ子供みたいだし、そもそも生きてる世界が、という私の戸惑いを口にするのも、それはそれで馬鹿げているような気がした。

「太陽の光を浴びたらリナはもっと元気になるよ」

「浴びすぎても死んじゃうよ」

「じゃあたまに雲に隠れてあげるよ」

私は黙ったままワインを飲み、小皿に載ったオリーブに銀のピックを突き刺す。私はオリーブが好きじゃない。でも今は一つだけ食べてみようかなという気になった。

「僕が太陽なら君は空だ」

現実味がなかった。オリーブを噛みしめながら思う。私は何故異国の地で、若い男の子に口説かれているのだろう。本当に私は、あの青山のマンションにいた私なんだろうか。不意に震災の記憶が思い出された。あの時私は外を歩いていた。揺れがどんどん強くなるのを感じて立ち止まり、上下にぶんぶんと振れる標識を見上げてぞっとした。倒れたり割れたり落ちたりしそうなものがない所に行きたかったけれど、大きな揺れの中で倒れないようにガードレールに摑まっている事しか出来なかった。こんなに大きな揺れは生まれて初めてだ。冷静にそう思ったけれど、やっぱり慌てていたのかもしれない。次第に揺れが収まっていく中で、私は携帯を取り出し何かをしようとしたけれど、何をしたかったのか思い出せず時間だけ見て携帯をしまった。セイラの学校はどうなっているだろう。大丈夫だっただろうか。すぐにお迎えに行った方がいいだろうか。それともまず家の様子を確認した方がいいだろうか。揺れが収まると、私は迷った挙げ句、家に帰った。エレベーターが止まっていたため階段で七階まで上がった。ワイングラスが食器棚から落ちてキッチンがガラスの海になっていた以外は大した被害はなく、心配だった本棚も倒れていなかった。早急に転倒防止の突っ張り棒を買わないとと思いながら、私はテレビを点けた。携帯はしばらくお待ち下さいの表示が出たまま、誰からの連絡も受け付けず、発信も出来なかった。パソコンを起動させてみると、数通の安否確認のメールがきていて、私は全てに大丈夫ですと一斉返信した。マンションの免震構造のせいで、激しく軋む音がずっと寝室の方から聞こえていた。大きなサイレン音にびっくりして顔を上げると、エレベーターが止まっている事、復旧の目処が立たない事を知らせるマンションの管理人室からのアナウンスが流れた。テレビの中では津波警報が鳴り響き、余震を知らせる警報音も立て続けに何度か鳴った。アナウンスと揺れとマンションが軋む音とサイレン音の中で、私は酔っていた。はっとして、ガラスの破片をほうきと掃除機で片付けると、食器棚に残っていた食器をコンロ下の棚に避難させ、またコートを羽織ってセイラの学校に向かった。外にはたくさんの人がいて、車も渋滞していた。電車も止まっているらしく、バスはもうこれ以上は無理だろうというくらいぎゅうぎゅうに人が詰まっていた。学校に行くと、同じように迎えに来ていた保護者の姿が目に入った。子供たちは体育館に集められ、それぞれ防災頭巾を持っていた。セイラの姿を見ると私は手を挙げ、セイラはママっ、と嬉しそうな声を上げて駆け寄ってきた。その様子は、思わぬ事故で早く家に帰れる事を喜んでいるようでもあった。でもセイラがじゃあねと友達に手を振り私の手を握った瞬間、そうではないのかなと思った。よく分からないけれど、地震を機に、セイラは何かが変わったように感じられた。それは、交通事故で親を亡くした子や、日照りで自分の畑が全て駄目になってしまった農家の人、津波で家や家族が流された人、そういう人たちとは全く次元の違う話だけれど、何か自分の力では抗いようのない事物を身体で知覚した人の抱く諦念のようなものを身に付けた瞬間だったのかもしれない。家に帰るまで元気だったセイラは、帰宅して余震がきた瞬間火が点いたように泣き出した。家が壊れちゃう、みんな死んじゃうの？　どうしてこんな事になったの？　とテーブルの下で目を見開き私にしがみついた。大丈夫だよ。大丈夫。絶対に大丈夫。そう言いながら私自身、ぎしぎしと軋むマンションの音に蝕まれていく感覚があった。揺れよりも、どんどん増えていく死者数よりも、津波や買い占めや帰宅難民の様子を流すテレビよりも、何よりも私は、永遠に続くんじゃないかと思うほど止まらないマンションの軋む音に神経を蝕まれていく気がした。

　夜八時過ぎ、インターホンが鳴った。帰国中と知っていたから来るかなとは思っていたけれど、元夫だった。セイラはパパっと彼に抱きつき、彼は会社の備蓄品にあったからと言って抱えていた段ボールを置いた。中には保存食や水が入っていた。今日の打ち合わせが流れたんだ、ついさっきまで行こうと思ってたんだけど、誰も連絡つかないし、電車も走ってないし、歩いて行くとしたら何時間かかるかなって計算してたんだけど、結局お流れでほんと助かったよ。彼の何でもない話を聞いている内に、私は気が楽になっていったし、セイラも嬉しそうに彼にまとわりついた。彼と離婚してから、自分がシングルマザーでありセイラに父親がいないという状況に何か負い目や不都合を感じた事はなかったけれど、こういうシビアな状況に於いて、男は一つの風穴になるのだなと思った。

「ねえ、原発が電源喪失してるって知ってる？」

「知らない。そうなの？」

「そう。福島の原発が電源喪失してて、何度かニュースでやってた」

「爆発するの？」

「知らないよ。でもするかもね」

「爆発したら、エリナどうするの？」

「チャーター機でニューカレドニア辺りにひとっ飛びさせてよ」

「何言ってんだよ」

彼は笑って、じゃあ俺は歩いて帰るかなと言って手を振った。でも次の日の朝、原発の状況が悪くなっているらしいと彼は電話を掛けてきて、本当にニューカレドニアに行くなら今すぐチケット取るよと言った。しばらく言葉に詰まって黙っていると、じゃあとりあえず沖縄行きのチケットとホテル取るからと言って彼は一方的に電話を切り、数十分後、ニューカレドニアじゃないけど南の島を楽しんでおいでという言葉と共に、eチケットを添付したメールをくれた。私はそのメールをもらってから一時間考えた。そして一時間後セイラに海に行こうと宣言し、保険証、母子手帳、パスポート、セイラの学校の教科書、一週間分の服をトランクに詰めて出発した。飛行機を降り、タクシーでホテルに向かっている時、私はラジオから流れるニュースで原発が爆発した事を知った。

あれから二年半、私は東京でもニューカレドニアでも沖縄でもなく、イギリスにいる。あの時元夫が沖縄行きのチケットを取らなければ、私は今も東京にいただろう。あの日、一時間考えて出発した瞬間、私はベルトコンベアに載り、ほとんど自動的にイギリスに入国したのだ。

「ベルギーには地震はある？」

「ないよ。何十年か前に小さな地震があったみたいだけど」

そう。と言いながら彼に握られている手に力を込める。二年間、地震のない土地に暮らしただけで、地震というものがとても恐ろしいものに感じられる。

「地震って、どんな感じ？」

私は子供のような無邪気さで発された彼の言葉に顔を上げて、彼の目を見つめる。私は地震のある国に生まれ育ったんだ、生まれて初めて、その事を強く感じた。

「世界が信じられなくなる感じ」

　そう言って、私は彼の肩に頭を載せた。


　がんがんと痛む頭を傾けたまま、半身を起こしてアラームを止める。飲み過ぎたと呟きながらベッドの下に手を伸ばしキャミソールをたぐり寄せる。行かないでとむにゃむにゃ言う彼の手に引っ張られ、彼の額にキスをすると駄目だよと手をほどく。子供を迎えに行かなくちゃと言いながら、ズボンも穿いた。

「途中まで一緒に行ってもいい？」

　彼はそう言ってベッドの中から私の手を取って甲にキスをした。いいけどそんなに時間ないよと言う私に、大丈夫大丈夫と笑って、彼は起き上がった。私が鏡の前で滲んだアイラインを直している間に、本当に彼は支度を終えていた。昨夜来た時には気がつかなかった、本棚に並んだダンスに関する本や、身体についての本、壁に貼られたダンサーのポスターや、家族の写真がどんどん目に入ってきて、途端に彼が生身の人間なんだという事を思い出す。昨日の夜、セックスをした後、斜めになった窓から差し込む月明かりの中、彼は私を抱きしめていた。ママンと離れてパパと離れてお姉ちゃんと離れて友達と離れて大切な故郷を離れた。僕はもう誰とも離れたくないんだ。背後で彼が肩を震わせている事に気づいて振り返ると、私は彼の方に向き直り彼を抱きしめた。リナは僕から離れない？　と聞かれて曖昧に返事をすると、彼は私の手を握り、泣きながら眠ってしまった。

五階から螺旋状の階段で下まで下りる間、彼は本当に身軽で、踊るように足を踏み出していた。時々くるっと回ったり、ステップを踏んだりする彼に、いいなあ私もそんな風に階段を下りたいよと言うと、リナもやってよと彼に手を引かれた。駄目駄目絶対転ぶ、と言う私を踊り場で抱え上げてくるくると数回回ると、彼は壁に私を押し付けてキスをした。アパートの重たい扉を開けて外に出ると昨日の夜の記憶とは全く違う明るい町並みに目がくらみそうになる。

見て見て、あそこに市場があるんだよ。ほら綺麗でしょ？　この市場はとっても広いんだよ、ちょっと見て行かない？　まだ時間大丈夫でしょ？　と言って、彼は私の手を取った。肉、魚、野菜、美味しそうなものが並んだ市場は、見ていて飽きない。ここのソーセージは美味しいんだよ、あとね、前に一回すごく美味しいホットワインを売ってるお店があったんだけど、もう出てないかな？　まだ暖かいし、飲まないかな皆、リナは何か買いたい物ない？　ユーリの矢継ぎ早の言葉に微笑みながら、私はふと立ち止まる。

「野菜買って行こうかな」

色とりどりの、艶やかな野菜を見ながら、今日の夕飯を考える。最近、料理のネタが行き詰まって新鮮みのない夕飯ばかりで、セイラにもご飯時に「またあ?」と言われてばかりだった。私はぎざぎざの野菜を見つけて、足を止めた。

「アーティチョーク買ってみようかな」

「リナ、アーティチョーク好きなの?」

「うーん、昔一回か二回食べた事があるはずなんだけど、あんまり味を覚えてなくて。自分で料理した事はないの」

「本当に? 日本にはないの?」

「うん。日本では見た事ない」

「そんな残念な事はないよ。アーティチョークは本当に信じられないくらい美味しい野菜なんだよ。今すぐママンに電話してレシピを聞いてあげるよ」

「待って待って、今はまだ早朝だしママンも困るよ」

「そっか、じゃあ後で聞いてあげるよ。実を言うと僕は料理の事はあんまり詳しくないんだ。でも茹でたやつが一番美味しいよ。確かレモンの香りもしたな」

こんなに大きいけど食べられる所はすごく少ないんだ、だからたくさん買ってもすぐになくなっちゃうよ、と言う彼に従って大きなアーティチョークを四つとレモンを三つ買った。アーティチョークはこの上の部分を切ってから茹でるんだけど、ここは本当に本当にすごく硬くて、いつも家ではここを切るのは僕かパパの仕事だったんだ。リナが怪我したらいけないから僕が切りに行ってあげるよ。いつ食べる？　今晩？　と立て続けに聞きながらユーリは後ろから私をぎゅっと抱きしめた。きゃっきゃと笑って、まとわりつくユーリとじゃれながら、私たちはゆっくりと市場を見て回った。

市場を見終えると、カフェでクロワッサンを食べ、チューブの駅で私たちは手を振った。私はチューブでクロエの家までセイラをお迎えに行き、ママ、と満面の笑みで駆け寄ってきたセイラを抱きしめ、クロエとマリーとキスをして手を振ると、セイラと共に家に帰った。アパートのドアを開けると、何だかものすごく久しぶりに帰ったような、不思議な感覚になった。あらゆる事が頭から吹き飛んでいて、私はただ、今日の晩アーティチョークを食べに来る、ユーリの事を考えていた。震災で、私の視線は移ろった。大きな衝撃に吹っ飛び、空を泳ぎ、天を仰ぎ見て、いつの間にかイギリスに来ていた。彼に会って、私の視線は再び移ろった。交通事故に遭ったように、見ていた景色がぐるっとひっくり返って、今はまだ、どこに着地するのか分からない。私の次の世界は、一体どこになるんだろう。まさに生まれ落ちようとしている今、生まれ落ちる先の世界を気にするなんて馬鹿げているかもしれない。明るい日差しが差し込む九月のアパートメント。セイラは鼻歌を歌いながらお絵描きをしている。煙草を吸おうとキッチンの窓を開け身を乗り出すと、足がぶつかってワインの空き瓶が倒れた。タイルに倒れこむ音が、キン、キン、キンキンキンキンキンと響く中、私は飛行機雲が何本も残る空を見上げて煙草に火を点けた。

朱里

ドアを開けた瞬間、呼吸が出来なくなった。息が止まって、このまま倒れてしまうんじゃないかと思うほど、私はびっくりしていた。なにこれ、という言葉さえ喉に引っかかって出てこない。口と目を開けっ放しにしてしばらく呆然と、部屋を見回す。言葉を失うというのはこの事かと、私はぼんやりと思っていた。一分ほどドアの前に立ち尽くしていただろうか。どうしようもなくなって静かにドアを閉めると、私は痺れたようにひりひりする足を無理矢理動かし、階段を下りきった所で立ち止まり、ゆっくりと息を吐き出した。息は細く長く、永遠に吐き出され続けるのではないかと思うほどだった。

「あ、お義母さん」

「あら、朱里さん。どうしたの？」

お義母さんに話していいものかどうか分からず、しばらく口ごもった挙げ句、いいえ、と呟いた。ちょっと疲れてしまって、という言葉に力が込もらない。

「力仕事は誠に頼んでね。何でも言いつけてくれていいから」

「あの、えっと、上の寝室の事なんですけど」

「ああ、そうなの。誠たちが使っちゃってて。ごめんなさいね。本当にあの子はどうしようもなくて。でももう、すぐに出て行くって言ってるから」

「そうなんですか？　ちょっと、まだ色々事情が分からなくて」

「前の会社が紹介してくれた関連企業がいくつかあって、そこを受けてるんですって。すぐに見つかるから大丈夫って言ってたけど、でもそれにしても長いわよね。もう四ヶ月になるもの」

「あの、来月には光雄《みつお》さんも戻ってくるので、出来るだけ生活空間を整えたいんですけど」

「ごめんなさいね、誠はもう、上の部屋は自分のもので一杯だから、今から下に移す事は出来ないって言うのよ。でもほら、理英《りえ》ちゃんもいるし、朱里さんたちが過ごすには下の方がいいんじゃないかって、私も思うんだけど」

　途方に暮れて、気が遠くなる。半身不随のお義父《とう》さんの介護のためにもと、二十五年ローンで二世帯マイホームを建てた半年後、ロンドン駐在の辞令が下った。お義母さんお義父さんに家を任せ、訪問介護員を頼み、万全の態勢で私たちはまだ二歳だった理英を連れてロンドンに赴任し、二年。二年耐えた。学生の頃から大の苦手だった、聞き取れない、通じない英語。説明書も注文も予約も買い物も電話も、全てがスムーズにいかなかった。最初はここまであらゆる事が曖昧にしか分からない状態で生きていく事は不可能だとすら思った。でも旦那を置いて帰るわけにもいかず、二年間がんばった。英語は日常会話を話せるようになった所で勉強を止め、日本人の友達と遊び、ネットで日本のテレビを見て、日本の家族や友達とスカイプをして、日本料理を作り続け、ようやく二年が過ぎ、念願の日本に帰国した。そうしたら、マイホームは義兄夫婦に占拠され、私たちの寝室は義兄夫婦の寝室になっていて、私たちのものは一階のリビングと繋がった和室に勝手に移されていた。あまりの仕打ちに言葉を失ったけれど、リストラされ、新しい仕事が見つかるまでとここを頼り、ほんの数ヶ月だけ、私たちが帰国する前に出て行くからと言い張って乗り込んできた彼らを、とにかく出て行けと私の一存で追い出す事は出来ない。

　そもそも職が安定せず稼ぎの少ないお義兄《にい》さんだったから、次男である光雄が二世帯を建て、介護員の費用も出し続けているのに、その家を乗っ取るだなんて、何て非常識な人たちだろう。私は二階の物置の様子を思い出して鳥肌が立つのを抑えられなかった。

「あの、ちょっと聞きたいんですけど」

「なあに？」

「上の、物置にしてた部屋、なんですけど」

「ああ、あそこは芳子ちゃんが使ってるって、誠が言ってたけど」

「えっと、どうして納戸を、芳子ちゃんが使ってるんですか？」

「そうよね、朱里さんたちが帰って来たんだから、荷物もあるし使うわよね。綺麗に戻すように私から言っておくわ」

「あの部屋、えっと、お義母さん見ましたか？」

「私は見てないわ。誠がね、上は自分たちで綺麗に使うから、任せてくれって言うのよ。あんまり上に来てほしくないみたいで」

お義母さんは戸惑ったように言った。私は今自分の身に起こっている事があまりに非現実的過ぎて、世界がどんどん歪んでいっているような錯覚に陥る。胸元にこみ上げるものがある。吐きそうだった。ようやく戻って来れた日本。二年越しの、念願の日本。これからはあんな不便な生活にも、言葉の通じない孤独にも、友達や家族と会えない孤独にも耐えなくていいんだと思っていたのに、何故自分たちの寝室を乗っ取られ、物置部屋まで乗っ取られ、お義母さんがお茶をするスペースとして作ったリビングの脇の和室に押し込められなければならないのか。私はロンドンから送った荷物が段ボール何箱分だったか記憶を巡らせ、絶望的な気持ちになる。

「四ヶ月経って、全く就職先は決まってないんですよね？」

「そうねえ」

「前の就職先が紹介してくれた所は、もう全て受けたんでしょうか？」

「それは、どうなのかしら。ごめんなさい私、お父さんの事があるから、あんまりあの子たちの事はきちんと把握してなくて」

　自分が責めるような口調になっていたのに気がついて、はっと口をつぐむ。お義母さんを責めるのは間違ってる。たった一人でボケ始めた半身不随のお義父さんの世話をしている彼女に言う事じゃない。昔から、兄貴を甘やかしてたからな。四ヶ月前、突然お義兄さんが家に転がり込んだと報を受けた時、彼が言った言葉だ。兄貴を放っておけないんだよ、母さんは。と呟いて、まあ帰国する頃には出て行ってるだろ、と楽観的に話していた光雄に、何と伝えれば良いのだろう。私たちの寝室は占拠されていて、私と理英はリビング横の和室に追いやられ、理英が小学生になったら子供部屋にしようと、それまではと物置にしていた六畳の洋間は芳子ちゃんの部屋となり、何とも気持ちの悪い景色に様変わりしてしまった事を。

　和室に入りふすまを閉めると、私は理英の寝顔を見つめ、一瞬微笑んだ後に鬼の形相となって携帯を取り出し、ＳＮＳを開いて旦那のアイコンをタッチする。「とんでもない事態」「私たちの寝室で生活してるんだけどあの人たち」「寝室は彼らが出て行くまで返してもらえないらしい」「お義兄さんが今から荷物を下に移すのは無理だと言い出しやがったらしい」「寝室ちょっと見に行ったんだけどとにかくひどい有様」「私たちのべッド使ってるし」「超汚い」「そして物置部屋」「驚かないでね」「ひどい事になってたの」「芳子ちゃんがオタク部屋に改造してた」「びっくりした?」「びっくりしすぎて私笑えてきた」「何かよく分からないんだけど変なアイドルみたいなポスターが貼られまくってて」「ていうか中に机持ち込んでパソコンとか布団とかもあって」「もう完全に部屋として使ってるんだけど」「どういうこと?」「エロ本みたいなものとかもあるし何かよく分かんないけど色々ものがあって、とにかくもうひどい有様」「とにかく汚い!」「何あれ」「ちょっと頭おかしいんじゃないあの人たち」「腹が立つ!」「信じられない!」「早く出て行ってって光雄からも言ってよ」「信じられないあんな気持ち悪い人たちに私たちの寝室と理英の未来の子供部屋を占拠されてるなんて!」「あんな気持ち悪い人たちと理英が一つ屋根の下で暮らさなきゃならないなんて耐えられない!」一瞬悩んで、最後のメッセージだけは送らずに削除した。怒りのあまり、携帯を打つ指が震えている。早く光雄に帰って来てもらいたかった。彼が戻ってくるのは一ヶ月後。それまで、私は彼の家族たちと、馬鹿みたいな事になったこの家で生活しなきゃならない。そんなまさか、と笑ってしまいそうになる。何か、悪い夢を見ているようだった。息苦しさの中、震えた携帯を手に取る。「大丈夫?」ののんびりとした光雄の言葉に、私は惚けたように力が抜けていくのを感じた。光雄はいつもそうだ。次男特有なのかもしれないけれど、とにかくいつものほほんとしていて頼りない。そののほほんとした性格が上司や周囲の人に好印象を与えるのか、周囲の人間に温かく受け入れられ過ぎる結果、そのほほんが矯正される機会がないまま社会生活を送れてしまっている。光雄が口出ししたとしても、あまり戦力にはならないかもしれない。絶望的な気持ちで「大丈夫じゃないよ」と返事を入れる。「これから会社だから、帰宅したらまた連絡するね」という返事を見て、力なく携帯をロックする。和室の片隅に置かれた段ボールの山を見やる。お義兄さんたちがせっせと、私たちの寝室と物置部屋から運び出した、私たちのものだ。彼らがすぐに出て行くなら、荷解きをする必要はない。でも、彼らがいつまで居座る気なのか、さっぱり分からない。私ははっとして、また携帯のロックを外す。「ねえこういうのはどう？」「お兄さんたちに、六畳一間くらいのアパートを借りる初期費用を渡してあげない？」「そうすれば出て行ってくれるかも」「だって私たちの家だもんあの人たちがいるのおかしいよね？」「何で私たちの家にあんな人たちがいるの？」どうどう巡りの独り言が続きそうだったから、そこで携帯をロックした。そうだ。そうすれば彼らには断る道理はない。六畳一間くらいだったら、どちらかがバイトでもすれば家賃だって払えるはずだ。でもその初期費用を払うのは私ではないが故に、その事は光雄の了解を得た後に、光雄から切り出してもらわなければならない。

「疲れた」

呟くと、理英の隣に横になった。昨日帰国して、空港から帰りやすかった私の実家に一泊して、ようやく念願のマイホームにスーツケース二つと理英を抱えて帰って来たら、私の家はこんな状態になっていて、私は天国から一気に地獄に突き落とされた。私は上の寝室を使われている事を知らされていなかった。義兄夫婦は、この空いていた和室で慎ましく生活していると思っていたのだ。もしかしたらもう出て行っているかもと思ったけれど、帰国まで二週間と迫った頃にまだいるのよとお義母さんに聞かされてから、ずっと憂鬱だった。それでもまさか、寝室を占拠されているとは、そして私たちが帰っても尚そこに居座るとは、思ってもみなかった。あまりに非常識だ。私には寝室を使う権利を主張する権利がある。私は、もう随分長い事会っていない義兄夫婦に、何と切り出そうか考えていた。お義母さんの話によれば、彼らは今日何とかというグループのコンサートに行っているらしかった。きっとお義姉《ねえ》さんの好きな男性アイドルのコンサートなのだろう。そういう趣味があるとは聞いていたけれど、親戚の集まる食事会などで話を聞いているだけでは何となくその実態は摑めず、そういうの好きな人最近多いもんねー、と今思えば私も随分呑気に彼女のその趣味を流してきたものだ。いや、そもそもこの一つ屋根の下で暮らすという異常事態に陥らなければ、彼女のようなアイドルオタクの生々しい実態など目にせずに済んだはずだ。何故、輝かしいマイホームが、こんな事になってしまったのか。天井を見上げている内、涙が滲んでいった。零れ落ちる前に袖で拭う。息が震えて、一緒に体が震えた。声を出さないように気をつけながら、私は袖を目元に押し付けたまま泣いた。

あ、久しぶりです。しれっと言う芳子ちゃんに顔中から蒸気が立ち上りそうなほど怒りが湧いたけれど、お邪魔してます、と笑顔のまま皮肉まじりの言葉で出迎えた。

「朱里さんお帰りなさい。なんかごめんねー。こんな事になっちゃって」

誠さんはいつものへらへらした表情で軽く言った。今日一日の怒りが放出しそうだったけれど、ぐっと抑えて口を噤む。

「母さんは？」

「もう寝たみたいです。お義兄さんたち、ご飯は？」

「あ、僕たちはもう食べてきたから」

そうですか、と言いながら、キッチンに残してあった夕飯を片付けていく。芳子ちゃんと誠さんは喧嘩でもしたのか、ぴりぴりした空気が漂っていて、彼らが帰って来るまでしようと思っていた彼らの滞在に関する話を切り出せなくなっていく。

「光雄さんはいつ帰って来るんですか？」

「あ、一ヶ月後に。私たちが先に来て、この家整えようと思って」

そうなんですか、とまたしれっと答える芳子ちゃんを殴りつけたい衝動に駆られる。

イギリスから帰国して、お疲れ様も長旅ご苦労様も理英の様子を聞く事もなく、お義母さんと光雄の話をする彼らに、言いようもない怒りを抱いた。普通言うだろ。頭の中でぶつぶつ考えながら、そんな事を考えている自分も嫌になる。

「あの、上の部屋なんですけど」

「あー、ごめんね朱里さん。本当に申し訳ないんだけど、僕たちのものがすごく多くて、今から下に移す事が出来なくて。多分もうすぐここは出て行く事になると思うから、それまで上に置かせてもらえないかな？　僕の仕事が決まればすぐにでも出て行くからさ」

いつ決まるんですか決まりそうな会社があるんですか？　採用されるという根拠は？と詰問したかったけれど、私が出しゃばるのも場違いな気がして、はあと頷く。

「あの、せめて寝室の隣の物置部屋を」

「あ、ごめんなさい。私が今あそこ使っちゃってて」

「あ、知ってます。ごめんなさい使ってるの知らなくて今日ちょっと開けちゃって」

「寝室がもので一杯だから、どうしても一人になれる空間が欲しくて」

無職男の妻が言う台詞かよと呆れながら、彼らが帰って来るまで何度も何度も頭で練り直していた言葉を口にする。

「悪いんだけど、そろそろロンドンから送った第一便の荷物が届くから、今でさえこの和室には寝室にあった荷物が詰まってるし、あそこを物置として使う前提で考えてたから、使えないとちょっと困るなって思ってて。出来るだけ早く、あそこは空けてもらいたいの」

「あ、はい。今すぐにはちょっと無理かもしれないけど、出来るだけ早く、綺麗にしてお返しします」

あの気持ち悪いポスターも綺麗に剝がせよ気持ち悪い同人誌も一冊残らず撤去しろよと頭の中で毒づく。

「じゃあ、今和室にある荷物、あんまり開けないでおくね。また物置部屋か寝室に置くものもあるし」

「すいませんねえ」

誠さんは駄目男だ。仕事も続かず、常にお金がなくて、そのくせ女性経験が少ないせいでこんな女と結婚してしまった。芳子ちゃんの変貌ぶりはひどかった。結婚するまではとっても感じのいい子で、お義母さんもお義父さんも結婚を勧めていた。でも結婚したが最後。彼女は今時テレビドラマでも見ないほど、駄目な嫁になってしまった。結婚前は率先してやっていた家事をやらなくなり、趣味のアイドルに時間もお金も派手につぎ込むようになり、結婚後に借金が判明してそれをお義兄さんが肩代わりし、明るく元気な芳子ちゃんというキャラは封印され、いつも表情に乏しく、結婚前はきゃー○○くん○○ちゃん、と親戚の子どもたちや理英を見ると軽く発狂していたのが、今では「ああ久しぶり」程度のクールな反応しか見せない。ネットの掲示板や悩み相談サイトで見るような親戚トンデモエピソードをほぼ創作だと思っていた私は、彼女の変貌ぶりに驚きながらも、ワイドショーを見るように愉快な気持ちで他人事として見ていた。まさか、その存在が私の生活を脅かすものになろうとは思ってもいなかったのだ。

「あ、それとちょっと聞きたいんですけど」

「うん？」

「納戸に理英のおもちゃがまとめて入れてあったと思うんですけど、こっちの段ボールを探しても見つからないおもちゃがあって。まだ上にあるんじゃないかと思うんですけど」

「あー、実はね、ちょっとおもちゃが多くて邪魔だったから、いくつか大きなやつだけ捨てたんだよね」

一瞬訳が分からず、首を傾げる。

「は？」

「大きめのおもちゃ、もう使わないだろうなーってやつをいくつか捨てさせてもらったんだ。もう帰って来る頃には五歳くらいだしと思って」

「理英は四歳です。え？　え？　何を捨てたんですか？」

「いや、はっきりは覚えてないんだけど、多分アンパンマンとか、大きめのおもちゃを」

「芳子ちゃん、何を捨てたか覚えてます？」

「うーん、レゴとか、ピンクの家みたいなやつとかかなあ」

「いや、レゴは捨ててないよ」

「いや、捨ててたよ」

私は今ここで交わされている会話があまりよく理解出来ず、ぼんやりとしていた。

「あの、お義母さんはそれ知ってるんでしょうか？」

「いや、母さんはいつも父さんに付きっきりだから、そういう面倒な事は話さないんだ」

「とにかく何を捨てたのか分からないと」

「もしも本当に大事なものだったら弁償しますよ」

「えっと、何で、捨てたんでしょうか？」

「いや、本当におもちゃが多くて、ちょっと邪魔だなあって思ってて。下に置いておくにしても段ボールに入りきらない大きさだったりもするし、もう理英ちゃんもこんなもので遊ばないだろうなって思うものだけ、ちょっと捨てようって事になって。あ、ぬいぐるみとかは捨ててないよ」

「あの……何で確認してくれなかったんでしょうか？」

「あ、僕実は光雄のメールアドレス知らなくて。まあもういいかなってものだったから」

「えっと、確認なんですけど、上には、もう私たちのものはないんですか？」

「うん、クローゼットの中のもの以外全部下ろしました」

「もう一つ確認です。おもちゃの他に捨てたものはありますか？」

「いやいや、そんな事しないですよー」

とんでもない、と首を振る誠さんに呆然としながら、分かりました、おやすみなさい。と言って携帯をポケットに入れ和室に入り、ふすまを閉めた。二人がひそひそと話す声が聞こえる。やはり私は呆然としていた。何が起きているのかよく分からなかった。彼らの言葉の意味は分かるのに、その言葉が意味する現実が全く理解出来なかった。小さな電灯だけ点いた部屋ですやすやと眠る理英の姿が目に入った瞬間、私は堰を切ったように布団に顔を押し付けて泣いた。声を殺して大泣きした。悔しくて仕方なかった。今日、おもちゃと書かれた箱を漁ってずっと探していたのだ。理英がお気に入りだったおもちゃ、理英が日本に帰ったらあれで遊びたい、とずっと話していたおもちゃ、初めて三人で行った海外旅行のシンガポールで、光雄と理英が一時間以上話し合って決めた電車のおもちゃ、私の両親が理英の一歳の誕生日プレゼントに買ってくれたおままごとセット、一時帰国の時に私の両親が買ってくれたドールハウスは、大きいから送ると高いし、どうせもうそろそろ帰国だからとここに置いていたものだった。じーじとばーばが買ってくれたお人形さんのおうちで遊びたいなと繰り返す理英に、帰国が決まってからというもの私は何度も呪文のように「もうすぐじーじとばーばの買ってくれたおうちで遊べるからね」と言い続けてきたのだ。理英をそうやって宥めていた時の自分の恍惚とした気分さえ、生々しく蘇る。夢見ていたマイホームでの生活は、あの人たちの存在によって穢され、更に重要なファクターを捨てられた。思い出の籠もった、いや、思い出しか籠もっていないおもちゃを、私たちの過去に一ミリも関わりのない人たちが勝手に捨てた。勝手に触れられただけでも気持ち悪いというのに、勝手に捨てられた。あの人たちが、ゴミ袋に入れ、燃えないゴミの日に、ゴミ捨て場に捨てた。そもそも、もう遊ばないだろう、の根拠はどこにあるというのか。子どものいない彼らにおもちゃの適正年齢が分かるのか。そして私たちが第二子を想定していないと確信しているのか。おもちゃで遊ぶ理英を見ながら、そこに理英の妹か弟がよちよちと歩み寄ってくる想像を、私はずっとしてきたのだ。私は泣きながら、彼らを一生許すまいと決めた。このまま表面上はうまくやっていったとしても、心から彼らを信用し、心を許す日は未来永劫永遠に来ないだろう。人の家に勝手に転がり込んだ挙げ句に人のものを勝手に捨てるような奴らを、信用出来るはずがない。きっと、彼らは精神的におかしい人たちなのだ。彼らと理英だけの空間を作らないようにする、大切なものや捨てられたくないものは彼らの目につかない所に置く、或いは私の実家に送る、などの措置が早急に必要だ。そうだ、と思いついて私はスーツケースの中からポーチを取り出す。銀行の通帳や印鑑などが詰まったポーチだった。これは絶対に彼らの目に触れない所に隠さなければ。肌身離さず持ち歩くか、実家に宅配便で送って保管してもらおうか。私はひどい悲しみと怒りの果てに、激しい使命感に駆られ、明日からは大切なものを隔離する作業と、このひどい所業を光雄やお義母さんや親戚、そして実家の両親に知らしめ、彼らへのネガティブキャンペーンをはっていこうと心に決めた。光雄は当然私の味方につくだろうが、問題はお義母さんだ。駄目ねあの子はと愚痴りながら誠さんを甘やかし、どんな状況でも拒絶はしない。やはりどことなく、光雄よりも誠さんへの愛情が強いように見える。でも、お義母さんは結婚後豹変した芳子ちゃんの事を快く思っていない。表面的にはうまくやっているものの、自分の息子が変な女にたぶらかされ、利用されているのではないかという疑いを持ち続けている。これまでに何度か、お義母さんが躊躇いながらも芳子ちゃんの人格を疑うような発言をして、私に意見を求めてくる事があったのだ。お義母さんに対しては誠さんの名前ではなく、芳子ちゃんの名前を出してネガティブキャンペーンを展開した方がいいかもしれない。とにかく一刻も早く私はこの現状と被害を周囲に訴え、自分にとって暮らしやすい環境を取り戻さなければならない。これはもはや単なる親族間の諍いや権利の対立ではなく、生存競争だ。

布団に仰向けに寝転がり、静かに涙だけを流す。かさりと涙が耳元に落ちる音がした。絶対に許さない。大嫌いだ。呪詛の言葉を頭に反芻させながら、私は理英の手を握った。長旅の疲れが残っているのか、時差ぼけのせいか、理英は日本に着いてからよく眠っている。楽しみにしていたおもちゃだけでも買い直してやろう。おもちゃを捨てた事は理英には言わないでくれと言っておかなければ。自分の楽しみにしていたおもちゃが、おじいちゃんおばあちゃんや、私たちからもらったおもちゃがあんなおじさんとおばさんに勝手に捨てられたと知ったら、理英は傷つくに違いない。もう四歳だ。もう色々な事が分かっている。そもそも、彼らと理英が接触しないよう気をつけた方がいいかもしれない。物置部屋の様子を思い出すとぞっとする。ボーイズラブとかのジャンルなのか知らないけれど、とにかく今腐女子と言われている系の子が好きなのであろう本があちこちに散らばり、とてもではないけれど直視出来なかった。イギリスにいたせいかもしれない。イギリスではパリコレモデルみたいな人が胸やヘアを丸出しにしているようなポスターはあっても、いわゆる日本にありがちな巨乳の女の子の水着グラビアみたいなものを外で目にする事はなく、十代の少年少女が水着になっている写真などとんでもないという雰囲気があり、一時帰国の度電車やコンビニで若い女の子たちが水着になっている広告や雑誌を見てはぎょっとしていた。性的なものへの免疫がなくなっている部分は確かにある。元々そういうものに免疫がなく、イギリスで更に免疫をなくして帰国した私には過酷な儀礼だ。私は、自分の家がとてつもなく野蛮でデリカシーのない場所になってしまった事が苦痛で仕方なかった。

アイドルグループの追っかけをやって、その人たちを模写したエロ漫画を好む妻を、誠さんはどう思っているのだろう。あるいは誠さんにも同じような趣味があるのだろうか。誠さんに隠された趣味があるのではと想像し始めると吐き気が止まらなくなる。オタク差別は良くない。漫画が好きな人や、アイドルが好きな人、ゲームが好きな人を丸ごと変態扱いするなんて馬鹿げている。でも私にはあまりに免疫がなさ過ぎて、どうしてもそういう趣味の人たちを好意的に受け入れる事が出来ない。この拒否反応は、汚物やゴキブリ、臭いおやじなどに感じる生理的な反応に近い。頭では分かっている。私たちにさほど大きな違いはない。私たちは等しく平等な人間だ。でもどうしても駄目なのだ。私はコミケの様子がニュースで流れるとチャンネルを替えてしまうし、アイドルの追っかけがアイドルのポスターに土下座している画像なんかを見ると血の気が引くし、小学生や中学生の女の子が性的な対象になっているような漫画を目にしたりすると、気が狂いそうになって表現の自由を規制する法案に諸手を挙げたくなる。これは母親として、生理的な反応なのかもしれない。例えば私は、理英がいつか大きくなり、アイドルグループの追っかけをやったり、同人誌を読んだりしているのを見ても、ここまでの嫌悪は感じないだろう。でも今、小さな子どもを持つ親として、私は過剰に彼らのような人に対して嫌悪感を持つような回路が組み込まれてしまっているというだけの事なのかもしれない。

　もっと心の広い人だったら、笑って許せるのだろうか。例えば光雄だったら、おもちゃを捨てられた事にそこまでの絶望は感じないのかもしれない。そこまでは気にしないのかもしれない。それはきっと、光雄には自分の世界があるからだ。同じ家に生きていたとしても、光雄にはそれとは違う自分の空間がある。でも私にとっては、この家が世界だ。この世界が快適でない状況で生きていくのは、私にとって地獄でしかない。例えば何か仕事をして、ばりばり働いていればまた違うのかもしれない。でも元々お義父さんの介護を手伝えるようにと作った家だ。働きに出ると言っても光雄やお義母さんは反対しないだろうが、もしも今自分がこの家を空けたら、義兄夫婦に乗っ取られてしまうような気もする。もしも芳子ちゃんがお義母さんにうまく取り入って点数を上げたら、義兄夫婦を追い出す戦力としてお義母さんが使えなくなってしまう。私は自分がなんと矮小《わいしょう》で下らない世界にいるのだろうと絶望すると同時に、その世界から出られない自分自身にも絶望した。「お義兄さんたちに理英のおもちゃを捨てられてた」一言そう光雄にメッセージを送ると、私は怒りと憎しみから出来るだけ目を逸らす事に専念した。思い出されるのは、ロンドンのアパートだった。あんなにも辛かったロンドンでの生活が、今はとても幸せだったように感じられる。言葉が通じないのは辛かったけれど、ウエイトローズやマークス&スペンサーみたいな高級感のあるスーパーや、ホテル・ショコラ、プレスタット、ロココのような素敵なチョコレートのお店がたくさんあったし、美味しいティールームも近所にたくさんあった。イギリスに行った年の私の誕生日、光雄が内緒で休みを取り、理英を幼稚園に送った後リッツでアフターヌーンティーをした事があった。三ヶ月待ちと聞いていたから行こうと思った事もなかったけれど、久しぶりに綺麗なワンピースを着て、びしっとスーツを着た光雄と煌びやかなリッツに入るとそれだけで気分が高揚し、シャンパンと三段に盛られたサンドイッチとスコーン、ケーキを目と舌で堪能した。最後にウェイターがHappy Birthday Akariと書かれたホールケーキを持ってきたのを見て、私はふと結婚式の事を思い出した。こんな風に映画の主人公や、お姫様みたいな経験をしたのは、結婚式の時以来だ。もう食べられないよと恥ずかしまぎれに言うと、持って帰って理英と食べよう、と光雄はウェイターにテイクアウェイをお願いした。あの時の事を何度も話題に出す私に喜んだのか、光雄はそれから記念日には度々シッターを頼んで星付きレストランや評判のお店に連れて行ってくれるようになった。年に二回はヨーロッパ内で旅行をし、去年の夏にはニースとカンヌに行ってセレブ気分を味わった。きっと光雄は、ロンドンに中々馴染めない私を気遣っていたのだろう。今思い返すと、ロンドンでの生活は夢のように煌びやかなものだったように感じる。知り合いも少なく、家族三人で孤立感はあったけれど、だからこそ家族の結束が強まったし、光雄も日本にいた時と違って毎日夕飯時には帰宅していた。日本人幼稚園に子どもを通わせ始めてからは、ママ友も増えて時々ランチに行くようにもなり、最後の方は英語で困る事もあまりなくなっていた。最初に日本人向けのクラスを取って早々に止めてしまった英語だったけれど、やっぱりもう一度きちんと語学校に行ってみようかなと思い始めた頃に帰国の辞令があり、そこからは帰国に向けてばたばたして結局実現しなかった。私は何で、あんなにも閉塞感に苛まれていたのだろう。ロンドンで私は、今思えば過不足なく、幸せだったはずなのだ。

あ、理英ちゃんんだ。誠さんはそう言うとおかえりーと続けた。芳子ちゃんはああ理英ちゃん、とにっこりした。芳子ちゃんは理英がまだ赤ちゃんだった頃に親戚たちの集いなどで会うと抱かせて抱かせてと進んで構っていたが、今となってはさばさばしたもので、大きくなったね、元気だった？　などの社交辞令的な言葉もなく、キッチンに残してあった卵焼きとみそ汁を見つけてこれ食べてもいいですか？　と聞いた。どうぞと一言言うと、私は途中だった身支度を続けた。

「理英、靴下履いて上着着て」

はーいと答えて理英が和室に入ると同時に、私はテーブルについた二人に「おもちゃの事なんですけど」と切り出した。

「うん？」

「捨てた事、理英には言わないでください」

誠さんは少し不思議そうな顔をして、うん、と要領を得ない表情のまま頷いた。

「お気に入りのものもあったし、帰国したらあれで遊ぶ、って楽しみにしてたものもあったんです。理英に分からないように買い直すんで、捨てた事は内緒にしてください」

「そんな大切なものもあったの？　ごめんねほんと。もし必要なら弁償させてもらえるかな」

弁償するよりも出てってくれ、と言いたいのを抑えて、私はそれは遠慮しますと答えた。

「とにかく捨てた事を理英に言わないでくれればそれでいいですから」

私はそれだけ言うと化粧ポーチに口紅を戻して立ち上がった。

「今日はどっかお出かけ？」

「幼稚園の見学です」

そっか理英ちゃんもう幼稚園生なんだね、と言う誠さんにお昼ご飯は外で食べて来るんでと言い残して、私は出て来た理英の上着の前のボタンを留めてリビングを出た。お義父さんの部屋をノックすると、どうぞ、とお義母さんの声が聞こえて、私はドアを軽く開ける。

「幼稚園の見学に行ってきます」

あらそう、と言って、お義母さんは読みかけの本に栞を挟んで立ち上がった。お義父さんは寝ているようだった。

「ごめんなさいね。誠たちの事。家事も全然やらないでしょ？　あの子たち。一日中何やってるんだかね」

「就職活動、してるんですよね？」

「してるって言うんだけど、なかなか決まらないし、ちょっと前にお金貸してくれって言い始めて」

「え、お義母さん、貸したんですか？」

「二十万、貸したのよ」

「でも、ここにいれば家賃はいらないし、ご飯もここで食べてるんですよね？」

「いろいろお金がかかるんだって、貯金も底をついたみたいで……」

「お義母さん、貸した分はもう仕方ないにしても、これ以上は貸さない方がいいと思いますよ」

「もちろんよ。きちんと念を押したのよ。最初で最後だって」

それにしたって普通貸すか？　ていうかどうしてその二十万でアパートを借りないんだろうと思いながら、私は不安を感じていた。私たちのものを勝手に売られたりしないだろうか。イギリスからの荷物が届いたら、すぐにブランドもののバッグや服、大切なアクセサリーなんかは避難させた方がいいかもしれない。人のものを勝手に捨てる人たちだ。どんな非常識な事をしでかすか分からない。朱里ちゃん使ってなかったから〜、なんて言って芳子ちゃんが勝手に私のものを使ったり、くすねたり、売ったりする事だってあり得る。疑心暗鬼になったまま、私はバッグの中のポーチをぐっと押さえた。通帳類だけでも、今日実家に置いてこようか。でも、今実家に帰ったら、私はもうこの家に帰れなくなってしまうような気がする。出来る事なら、私は出て行きたいのだ。光雄もいなければ、家族の空間もなく、その代わりに堪え難い人たちがいるこんな家から。光雄が帰って来るまで、実家にいる事にしようか。心が揺らいでいくのを感じる。ここでこの家を離れたらへゲモニー争いに負けてしまう、と思っていたけれど、そんな争いに身を投じるのは馬鹿げているような気もして虚しくなる。

「お義母さん」

「なあに?」

「お昼ご飯にと思って、煮魚と酢の物を冷蔵庫に入れておきました。ご飯も朝の残りがあるんで、食べてください」

「まあ嬉しいわ。朱里さんが帰って来てくれて本当に良かった。芳子ちゃんはご飯作らないし、たまに作っても味付けが若者向けで、私ちょっと苦手なのよ」

「そうだったんですか」

「ずっとお父さんと二人で、山田さんが来てくれてはいたけど、寂しくてね。あの子たちが来るって言い始めた時は、実はちょっと嬉しかったんだけど、一緒にいると心配ばっかりなのよね。光雄と違って誠は何かこう、ふらふらしてて、頼りなくて。最初は一ヶ月だけって言って転がり込んだのに、こんな事になっちゃって、一番辛いのは朱里さんよね。本当は私がびしっと言って追い出すべきなのに、本人たちを目の前にすると強くは言えなくて。ごめんなさいね」

「そんな、大丈夫です。私こそ、しばらくばたばたすると思うんで、迷惑かけちゃうと思うんですけど、お義父さんの事とか、何か出来る事があったらいつでも声掛けてください」

「いいのよ。朱里さんのご飯は美味しいし、朱里さんがいるといつもリビングが綺麗だし、とっても嬉しいわ。朱里さんは理英ちゃんの事を中心に考えて。お父さんの事は私と山田さんで何とかなってるから」

　ありがとうございます、と言ってドアの中を覗き込もうとする理英を止め、私は玄関に向かった。お義母さんはとてもいい人だ。穏やかで、嫁いびりのような事もしないし、きっと芳子ちゃんの作った料理にも文句を言わず無理して食べてきたのだろう。今、私の株は上がっている。ここで出て行ったら大きな減点は避けられない。今ここで逃げるわけにはいかない。この家で戦わなければ。私は覚悟を決めて理英の手を引き、バス停に向かった。


「イギリスにいらしたんですよね」

「はい。二年ほど」

「理英ちゃんは、英語も喋れるんですか?」

「いえ、元々二年か三年の予定だったので、現地では日本人幼稚園に通っていたんです。なので英語はほとんど」

「あら、そうなんですか。ご挨拶くらいは出来るのかしら?」

グッドモーニング、と微笑んで言う園長にうんざりする。そんな発音で子どもが聞き取れるわけがないだろう。

「理英、good morningって言ってごらん」

理英は少し恥ずかしそうにgood morningと言った。上手ねえ、と言う園長に愛想笑いをする。本当は、現地校に通わせたいと思っていた。違う文化を体験させてやりたかったし、理英に少しでも英語が身に付けば、日本に戻ってからも続けさせようと思っていた。でも例えば理英の体調が悪い時に英語で説明なんて出来ないし、もし幼稚園で他の子にいじめられたり暴力をふるわれたりしたら英語で抗議をしなければいけない。そんな事出来っこないと、私は現地校の選択肢を早々に諦めた。どうせすぐ帰るんだから、と自分に言い聞かせて。

「恥ずかしがりやさんかしら？」

「かなり、人見知りですね。引っ込み思案で」

言いながら、情けなくなる。私がイギリスでいち早く覚えたフレーズは「She is not outgoing.（彼女は社交的ではありません）」だった。出来る限り人に声を掛けられないように気をつけ、公園でも人気のない場所を選ぶ彼女に怪訝な顔をする人が多かったために、覚えたフレーズだ。誰かが何かをくれようとしても受け取らず、貸してと言われるのが嫌でおもちゃもスコップも持たずに砂場では手で遊び、理英は家でのみのびのびと過ごしていたのだ。でもその人見知りがようやく少しましになり、逆に幼稚園の先生に言われた事は必ず守り、トイレトレーニングなども一度説明されただけで一度もお漏らしをする事なく終え、持ち前の神経質さで自分の持ち物をきっちりとロッカーや下駄箱に並べる様子も見られるようになってきた事で安心していた。理英は言われた事はきちんと出来るのだ。内弁慶で、二人きりの時は私に反抗する事もあるけれど、先生や他の大人に言われた事は異常にきちんと守る。他の子のように、騒いだり泣きわめいたり、乱暴な事をしたり、そういう事は絶対にしない。ずっと理英の性格に苛ついてきた私は、ようやく彼女が幼稚園の登園時に泣かなくなり、まるで軍隊のように先生の言う事を死守する様子を見ていて、少しずつ苛立ちが収まるのを感じてきた。もっと天真爛漫な子になってもらいたかった。そういう思いはある。きゃーきゃー元気に騒いで走り回る子になってもらいたかった。そういう子を見ると私は抑えきれない衝動に駆られた。あの子が私の子どもだったら、とあらゆる子に対して思ってきた。でも、ようやく理英の性格が受け入れられるようになってきたのだ。自閉症なんじゃないか、何か脳に障害があるんじゃないかとずっと不安だった。言葉も遅く、ようやく喋り始めても幼稚園では無言のまま、友達と遊ぶのも苦手で、初めて見る食べ物には手をつけない、初めての場所ではベビーカーから降りない、初めて見る人がいると目を合わせまいと私の後ろに隠れる。散々社交性を身に付けさせようとあらゆる所に連れ出したけれど、時間以外の何物もそれを解決してくれなかった。

「理英ちゃんは何歳ですか?」

「四歳です」

「日本はどうですか?」

「楽しいです」

模範的だ。至極、彼女は模範的だ。大人がどんな答えを求めているか分かっている。

私はほっとすると共に、激しい虚無感も抱いている。不意に、セイラちゃんの事が頭に浮かぶ。ロンドンで同じ日本人幼稚園に子どもを通わせているママ友たちと集まってお昼にホームパーティをした時、仲良しだった真里ちゃんがエリナさんを連れてきた。真里ちゃんからエリナさんの話を聞いていた私は、彼女の異色な経歴に興味を惹かれ、今度ランチする時にでも連れておいでよと言っていたのだった。にも拘らず、私は彼女が自分の苦手なタイプである事を一目で理解した。エリナさんの隣で、成長期なのか、痛々しいほど細い脚をスカートから覗かせていたのがセイラちゃんだった。母親に促され、ぼんやりと部屋を眺めていた彼女は「こんにちは」と言い微笑んだ。完璧なまでに一貫したおっとりとした態度と、どう動いても可憐に見える動作に、私は何となく異質なものを感じた。小さい子どもが多いから退屈するんじゃないかと心配していたけれど、彼女はすぐに小さい子たちと一緒になって遊び始めた。彼女は子どもたちに取り合いっこをされるほどその場に馴染み、私はその輪の中に理英までもが入っている事に驚いた。あれやろうこれやろうと誘われておままごとをしたかと思えば、セイラが一番好きなお話をしてあげるねと言い、「ある日家に帰ると、部屋の真ん中におっきな卵があった」と奇妙な語りだしの話で子どもたちを大笑いさせている彼女を見て、私はハーメルンの笛吹き男の話を思い出していた。あの子が本気を出したら、あっという間に公園で遊ぶ子どもたちをまとめてどこかに連れ出す事が出来るんじゃないかと思ったのだ。私は、セイラちゃんを見ていると落ち着かなかった。その落ち着かない気持ちが、日本のファッション誌を読んでいて、イギリスでは手に入らない日本の服やバッグが欲しいと思った時のもどかしさに似ていると気づいた瞬間から、私はセイラちゃんの事を出来るだけ視界にいれまいと努力した。

そして話せば話すほど、エリナさんに対しても私は苦手意識を強めていった。物怖じせず何でも人に聞いていける積極性、図太さ、女独り身で外国に住もうという発想自体が私には理解不能だった。あらゆる意味で、私は彼女のような人間が受け入れ難かった。こんなにも日本に帰りたい自分と、何となく転機かな、程度の気持ちで来た彼女との差が堪え難かった。

どちらにせよ、子どもたちの年が離れていたし、家も近くなかったから、エリナさんと頻繁に会う事はなかった。そしてセイラちゃんは輪をかけて、ほとんど目にする事もなかった。でもあの子を思い出す度、あの子の情報を耳にする度、私は落ち着かない気持ちになった。全く周りが見えていないような、自分以外の何者かが世界に存在している事に気づいてすらいないような、もっと言えば自分自身がここに存在しているという事にすら無頓着であるような、周りの子がどうしているか、周りの人々の顔色や行動を絶えず盗み見て、目立つ事を恐れ、常に誰かの後ろに隠れるために影を探しまわっているような理英と真逆のあの女の子の在り方が、私のようやく落ち着き始めた鱗をまた激しく撫で上げた。私はあの子の話を友達から又聞きするだけで、心が揺さぶられ、無力感の渦に巻き込まれた。

理英ちゃん、あの幼稚園嫌だな。帰り道、案の定そう言い始めた理英を宥める意味も含めて、ファミリーレストランに入った。あの幼稚園に通う事になったら、給食がない日はこうやってママとお昼ご飯を食べに来ようね、と言うと、理英は悲しげな顔のままメニューを見始めた。理英は同い年の他の子に比べるととてもいい子だ。店や外で騒いだり、癇癪を起こしたりしない。二歳の頃からレストランに連れて行っても全く問題なかった。困らせる事はしない。静かにねと言われれば静かに出来る。じっとしてねと言えば何時間でもじっとしている。はしゃいで走り回っている子たちを見ると、うちの子は全く別の生き物に見える。

「これがいい」

彼女が少しだけ声を弾ませて指差したのはキッズプレートだった。まるで別の生き物に見えるのに、彼女が他の子どもたちと同じものを選ぶのが不思議だった。私はボタンを押して店員を呼ぶとキッズプレートととんかつ定食を頼んだ。とんかつは久しぶりだった。日本食と言えば寿司と焼き鳥ばかりのロンドンでは、何でもかんでも手作りしていた。ドレッシングも口に合うものがなく手作りしていたし、ポン酢も手作り、ゴマだれも、漬け物ももちろん手作り、家で太巻きやちらし寿司を作る時は白バルサミコ酢ですし酢を作る所から始めていた。手抜きする隙のない料理が、私にはちょうどよかった。

料理をしている間、私は自分の存在意義を考えずにいられた。美味しい料理を作る事は、子どものためにも夫のためにも大切な事だし、美味しい料理を作れば二人に喜んでもらえる。夫はいつでも上司や同僚を自宅の夕食会に誘えるし、子どものお弁当は幼稚園で皆から賞賛され、ママ友と家で昼食会をすればすごーいと皆に喜ばれレシピを聞かれる。料理は、誇れるものが何もない私にとって体のいい暇つぶしだった。共働きがスタンダードのイギリスでは働いていないと言うと怪訝な顔をされる事も多く、二年もいるのにそんな英語？ と遠慮なく驚く人たちもいた。そもそも私のビザは就労出来ないビザだし、育児と家事で忙しくて勉強をする暇がない、私はそう言い続けてきたけれど、本当は激しい劣等感があった。いい奥さん、いいお母さんに徹する事によって、私はそれ以外の文脈からの批判を無視する事が出来た。自分自身の中にある迷いや批判すらも、毎日美味しい料理を作る事で、私は見ないふりを出来た。でもエリナさんは違った。料理上手で、綺麗好き、育児熱心、私が自己肯定され得る要素であるそれらに対して、「だから？」とでも言いたげな態度で、ホームパーティの時も、何でわざわざ和食作るの？と聞いた。彼女が嫌がらせで言っているのならば話は簡単だった。でもそうじゃなかった。彼女にとって、私の作る料理は無意味だった。あの時、彼女は皆の持ち寄った料理を僅かに食べ、均等に「美味しい」とコメントし、ワインばかり飲んでいた。これどうやって作るの？ ごま油ってどこのメーカー使ってるの？ レシピ教えてー、と他のママ友がいつもの反応をして盛り上がっている間、彼女が退屈そうに携帯ばかり見ていたのを私は見逃さなかった。だから私は彼女が嫌いだったのだろう。彼女の存在自体が私の存在を否定していた。彼女が口にしなくても、彼女の在り方が私の在り方を否定し、「そんな人生楽しいの？」と常に問われているような気持ちにさせた。私は彼女に会うまで、自分がそこまでのコンプレックス、これでいいのかという迷いを抱いている事にすら気づいていなかった。今自分の生きている人生以外の人生を考え得る度量のない私にとっては、彼女の存在は目障りなものでしかなかった。

とんかつに使用されている豚は鹿児島県産の黒豚です。テーブルに置かれたナプキン立てにそう書いてあるのを見つけて不意に原発事故の事が頭をよぎる。イギリスにいながらも、風評被害云々のニュースはよく見ていた。東北のものを避ける人が多いからわざわざこんな表記をしているのだろうか。イギリス駐在が決まった時、放射能も心配だし、イギリス行きは良かったのかもよ、と言った親戚のおじさんがいた。よくもそんな事が言えるなと、私はおじさんの顔をまじまじと見つめてため息をついた。マイホームを建てたばっかりなのに、海外駐在の可能性なんてないと思ってたのに、英語もまともに喋れないのに、と絶望的になっていた私は次々愚痴を漏らした。友達にも、イギリス？　羨ましーい！　と黄色い声をあげる子たちがいて、そういう反応を目にする度、羨ましいならお前もイギリスで生活してみろと言いたくなった。でもいかにイギリスでの生活が過酷であったたか、生きている意味を再考させるほどに自信を喪失させるものであったか、今になっても私が彼女たちに伝える事は不可能な気がする。

「理英ちゃん、ロンドンに帰りたい」

理英の零した言葉に、胸がざわついていくのが分かった。自分も昨晩義兄夫婦の存在のせいで同じ事を考えていたというのに、それを理英に言われるのは堪え難かった。やったね、日本に帰るんだよ、おじいちゃんおばあちゃんの所に帰るんだよ、また一緒に暮らすんだよ、と言った時にも理英は全く同じ反応をした。ここがいい、と変化を嫌う彼女は呟いて静かに涙を流して悲しみを表現した。

「ママもだよ」

呟くと、理英は顔を上げてママもなの？ と聞いた。

「ママもちょっと悲しいよ。でも、まだ慣れてないからだよ。もうちょっとしたらパパも来るし、理英も新しい幼稚園で友達がたくさん出来て、すぐに楽しくなるよ」

「なつきちゃんとゆりちゃんに会いたい」

理英は日本人幼稚園で仲の良かった子の名前を挙げて目に涙を溜めた。私は、理英のこういう所が嫌いだ。後ろ向きで、なよなよしていて、ぐずぐずと愚痴っぽい。私がどんなに前向きに励ましても、彼女はでも、でも、と繰り返しぐずぐずと泣くのだ。どうして理英のそういう所が嫌いなのかと言えば、私は自分の中にある理英と似た部分を嫌悪しているからだ。例えばイギリスに行ってからの私のように苦境に立たされた時、前向きになりきれない自分、前向きでありたい、前向きであろう、という気持ちに反してどんどんと後ろ向きになり、周りと自分を比べて劣っている部分を過剰に卑下し、日本に帰りたいこんな所嫌だと泣き言を言ってしまう自分が私は大嫌いだった。本当は前向きに生きていたかった。そうなりきれない自分を棚に上げて娘への嫌悪感を強めていくなんて、ひどい母親だ。今こそ、私が前向きになり、一緒にがんばろう、と理英を励ましてやらなければならない時なのだ。

「分かるよ。ママもなつきちゃんママとゆりちゃんママに会いたいよ。またイギリスに遊びに行こうね。あと、なつきちゃんは来年になったら日本に帰って来るみたいだから、そしたらきっとまた会えるよ」

「そうなの？　なつきちゃんは東京に住んでるの？」

「ううん、兵庫っていう所だよ」

「ひょうごって日本？」

「日本だよ」

「東京と近いの？」

「近くはないけど、イギリスよりはずっと近いよ」

でも実際彼らが帰国したとしても、わざわざ兵庫まで会いに行ったり向こうが来たりもしないだろうな、と冷静に思う。この先の人生で、もう会う事もないのかもしれない。私はこれまで、先に帰国していった駐在のママ友が泣いて別れを惜しみ、メールするからね、フェイスブックで近況教えてね、日本に帰国する時は絶対連絡してね、と言って帰国したきり、ロンドンでの生活を忘れたかのように連絡が滞る現象を目にし続けてきた。少ない在英日本人の中で、互いに子どもがいたから結びついた縁だ。ロンドンで仲良くなった友達の中には、日本で数多くのママ友候補がいる環境だったら仲良くならなかっただろうなと思う人もたくさんいる。まあこんなもんか、私は彼らが社交辞令的に年賀状だけ送ってきたりするのを見てそう思ってきた。

ふと思いついて、携帯を見ようとバッグに手を伸ばす。イギリスから戻ってすっかり気が緩みきった。カフェでもレストランでも常にバッグを膝の上か脇に置いていたのと違い、日本では隣の席に置いておける。路上のATMでも、背後に気をつけながらさっとお金を下ろしていたけれど、日本に帰ってからはそんな危機意識を持たずコンビニで堂々とお金が下ろせる。警備員は弱そうだし、指定した商品と正確なおつりを放出する自動販売機がどこにでもあるし、夜中に女の子が一人で歩いてたりもする、何て平和な国なんだと感激する事ばかりだ。百円ショップはどこにでもあるし、コンビニもどこにでもある、24時間営業の店があるなんて夢のようだ。テレビ番組は全部意味が分かるし、書店では何もかもが面白そうに見える。新聞も読めるし、看板の意味も全て分かる。

帰国以来疲れる事ばかりでうんざりしてきたけれど、考え始めると日本最高！　という気持ちがどんどん盛り上がっていく。ずっと求めていた帰国なのだ。ずっと求めていた平穏な生活なのだ。私は一体何が不満なのだろう。

「理英、この後もう一ヶ所幼稚園見に行くんだけど、それが終わったらお買い物に行こうか」

「何買うの？　おもちゃ？」

「うん。駅前のショッピングセンターに行こう。おもちゃも一個だけ買ってあげる。ママもいっぱい買いたいものあるの」

やったあ、と声を上げる理英に微笑んで、ちょうどやって来たキッズプレートととんかつ定食に手を合わせる。いただきます、と言ってみそ汁とご飯を口に運び、さくさくしたとんかつを濃厚なごまソースにつけて一口頬張ると、今自分が日本にいる事が涙が出るほど幸せな事に感じられた。幼稚園の帰りに理英とファミレスに来てとんかつ食べたよ、顔文字と一緒に光雄にメッセージととんかつ定食の画像を送った。今朝の今朝まで延々愚痴のメッセージを受け取っていた光雄は安心したようで、いっぱい日本を堪能しな、俺はフリッツばっかりだよ、と返事が来た。早く朱里の手料理が食べたいな、と続いたメッセージに満足して、私は携帯を仕舞った。

ただいま帰りました、昼寝をしなかったせいで眠たそうな理英の手を引いて帰宅すると、お義母さんがリビングに一人座っていた。

「あらおかえりなさい。幼稚園どうだった？」

「二ヶ所とも、とても良さそうな所で安心しました。どっちの方がいいか、光雄さんと話し合って決めようと思います。あ、すみませんご飯炊いてくれたんですか？」

「ええ。誠たちが食べたからもうほとんどなくて、そろそろ炊きあがると思うわ。みそ汁も作ろうと思ってたんだけど、ごめんなさいね、いつも料理が疎《おろそ》かになっちゃって」

「いいですいいです。すぐに作るんで、ゆっくりしててください」

「そう？　じゃあお父さんを見に行こうかしら」

「今日はどうしますか？　お義父さんと食べますか？」

「そうね。向こうで食べるわ」

穏やかな表情でそう言ってお義母さんはリビングを出て行った。お義母さんは、私たちに遠慮しているのか知らないけれど、いつもリビングではなく自分たちの部屋でお義父さんとご飯を食べる。向こうの部屋にも簡易キッチンが設置されていて、コンロ、レンジ、冷蔵庫もあるから、洗い物もそっちでやるし、お茶やちょっとしたものは向こうで用意しているようだった。彼女は、どこかお義父さんを私たちに晒《さら》さないようにしているふしがある。介護の手伝いもどことなく拒まれている気がするし、半身不随とはいえ補助すればリビングで一緒に食べる事も不可能ではないのに、認知症が始まったお義父さんを私たちに見せる事に躊躇しているのかもしれない。それこそ理英は、昨日帰国の挨拶をしに行ったきり、おじいちゃんの顔を見ていない。

　つかれたあ、とソファに横になった理英に、ちょっと寝てもいいよ、ご飯が出来たら起こすから、と言うと理英ははーい、と答えてお気に入りのブランケットをたぐり寄せた。

　みそ汁の出汁は鰹節と昆布。イギリスにいた時は日本食材屋であまりに高かったためほとんど買わず、日本で買いだめしておいただしの素を使ってしまう事が多かったけれど、日本では煮干しも鰹節も昆布も大量に種類があって、今日も乾物コーナーを歩いているだけでテンションが上がった。わかめ、ひじき、梅干し、納豆、柴漬け、お茶漬け、理英が好きそうなふりかけも大量に種類があるし、何でもかんでもカゴに詰め込みたい気持ちを抑えて「これからはこれが私の日常なんだ」と自分に言い聞かせた。

　肉じゃがに入れるじゃがいもとたまねぎの皮を剝き、酢の物に入れるきゅうりを薄切りにする。そうだと思い出して、さつまいもを取り出すと乱切りにした。日本に帰ったらまず作ろうと思っていた大学芋を作ろう。イギリスではさつまいもが水っぽくてうまく作れなかったのだ。料理をしている内に、私はどんどん満たされていく。こんなに豊富な食材、便利な焼きそばの生麵やうどんの生麵、照り焼きソース、焼き鳥のたれ、鍋のスープ、中華だし、素晴らしく調合された調味料、チャーハンの素もあれば漬け物の素もある国で、料理が面倒くさいなどと言う主婦の気持ちが一ミリも理解出来ない。イギリスのと違って細いきゅうり、形の整った野菜たち、柔らかいキャベツの葉、ずっと食べたかったごぼう、れんこん、しいたけ、いつも日本食材屋で買おうかどうか悩んでいた一本千円もした長芋が二百九十円で売っている、スーパーの野菜売り場は天国だった。

ご飯、みそ汁、肉じゃが、きゅうりとわかめの酢の物、大学芋、それぞれをよそって大きいトレーに載せると、二回に分けてお義母さんとお義父さんの部屋に運んだ。ベッドの脇にお皿を並べていると、お義父さんがああ芳子ちゃんありがとうね、とにっこりして、私は一瞬凍り付いたように固まってから「朱里です。イギリスから戻って来たんですよ。昨日おかえりって言ってくれたじゃないですか。もうちょっとしたら光雄さんも帰って来ますからねー」と少し大きめの声で言った。そうか朱里さんか、と頷きながらも、お義父さんの目がきちんと私を捉えているようには見えなかった。私の父方の祖父もそうだった。最後はボケきって、何を言っても分かっているのかいないのか、心筋梗塞で亡くなるまでおばあちゃんは徘徊癖に悩まされ、私の母親もよく介護の手伝いに行っていた。不謹慎かもしれないけれど、お義父さんが脳梗塞をやって半身不随になっていた事は、その後認知症が始まった事を考えると不幸中の幸いだったのかもしれない。

この家を建てる前に住んでいたマンションに徘徊する認知症の老人が数人いて、見知らぬおじいさんに突然怒鳴りつけられたり、廊下で放尿して家族に取り押さえられる様子を目にしたりしてきた私は、義父が徘徊したり暴れたり出来ない身体である事にほっとしている。赤ん坊がベランダから落ちないように鍵にチャイルドロックをつけたり、キッチンに入らないようにベビーゲートを設置したりするのと同じように、徘徊老人だって外から鍵をかけて出られないようにするのは彼らを守るという意味でも大切な事ではないだろうか。私は、お義母さんが元気である事を前提に同居を受け入れたけれど、もしもお義母さんがいつか病気で倒れたり、突然死したりしたら、私がこのお義父さんを全て世話していかなければならないのだと改めて実感し、二年前よりも認知症が進んだお義父さんの姿に憂鬱になった。

何故よりにもよって芳子ちゃんと間違えるのか。彼女は介護の手伝いなんてしていないはずなのに。誠さんと芳子ちゃんは認知症が始まる直前に結婚したから、何となく印象が強く残っているのかもしれない。在英中は一度しか一時帰国をしなかったから、記憶が薄れるのは仕方ないけれど、私は言いようのない苛立ちが胸に蠢《うごめ》くのを感じた。リビングに戻ってまだ眠たそうな理英を叩き起こしてご飯だよと言う。ご飯の支度が終わった頃、階段から足音がして私は身構える。

「あー、いい匂いだなー」

上から物音がしていたため、いるのは分かっていたけれど、料理が出来上がったタイミングで二人して下りてくるなんてと思いながら、一緒にどうですかと言う。

「いいんですか？　じゃあ頂きます」

芳子ちゃんは、自分たちのお箸を並べるとさっさと席についた。お前らのママじゃねえぞと思いながら、どうぞとご飯とみそ汁を出していく。

「理英ちゃん、芳子ちゃんの隣に座りたい」

何でこんな気持ち悪い女の横に座りたがるのかと心の中で憤慨しながら、理英はママの隣よ、と目を真っ直ぐ見つめて言う。理英は私の目を見ただけで私が怒っているのが分かる。

「いいよいいよー、こっちおいで」

芳子ちゃんが隣を指差して言うと、理英はやったあと言って椅子を降りてしまった。理英は、先生や他の大人に言われた事や、私が外で注意する事は必ず守るのに、家にいると私の言う事を聞かない。かっとしたけれど、私はじゃあこれと言ってご飯とみそ汁を理英の前に差し出した。

「わー美味しいなー、この肉じゃがすっごく美味いなー、これ作ったんですか？」

「そうですけど」

「すごいなー、ねえよっちゃんも肉じゃが作ってよ。すっごく美味しいなー」

「良かった。光雄さんも好物なんですよ」

誠さんは美味いなーと言いながらどんどん肉じゃがを食べていく。すぐになくなってしまいそうだったから、理英の取り皿に多めに取り分けてやった。芳子ちゃんは明らかに面白くなさそうだった。料理が下手だからだろう。料理がうまくなりたいという気持ちがないなら、ずっとレトルトのおかずでも食べていればいいのだ。無理して料理して不味いものを食べさせられるくらいなら、コンビニ弁当の方がずっとましだ。料理がうまくなりたいのであれば、世の中には大量にレシピがある。ネットでも見れるし、分量をきちんと計り書いてある通りの手順を踏めば皆それなりのものが作れるのだ。そういう馬鹿でも出来る事が出来ない人は、きっと料理がうまくなりたいと思っていないのだろう。そういう人はどうせ化学調味料とか保存料なんかにも無頓着なんだろうから、コンビニ弁当を食べていればいい。以前、親戚の集う場で芳子ちゃんが作ったあまりに油の量が多すぎ、醬油の味しかせず、べちゃべちゃで、冷めていて、豚肉プラス何故かハムの入った野菜炒めを食べた時にそう思った。そんな絶望的に料理が下手な人がいると知らなかった私は無理して数口食べ、美味しいねと笑顔で言った。その後、洗い物をする私の横で誠さんが「あいつにとって調味料は醬油と塩だけなんですよ」と苦笑いで言うのを聞いて、哀れみに近い気持ちを覚えた。

「芳子ちゃんは、どんな料理が好きなの？」

「うーん、焼き肉とか。辛いものも好き」

「じゃあ、今度ホットプレートで焼き肉しよっか」

「えーでも焼き肉はやっぱりお店が美味しくない？」

焼き肉の金を払わされるのはごめんだと思いながら、じゃあ今度皆で行こうか、と今度が永遠に来ない事を願いながら笑顔で答える。

「理英ちゃんも焼き肉行きたい！」

「理英ちゃんはまだ駄目だよ。まだ子どもだからね」

誠さんの言葉にいらっとして、大丈夫ですよ？　と笑顔で言う。

「理英はどこのお店に行ってもきちんと静かに出来る子なんです」

「でも、テーブルで火も使うし、内臓とか辛いものとか食べられないだろうし」

「大丈夫ですよー。理英は本当に言われた事をきちんと守る子なんで。ロンドンでもよくディナーに連れてってたんです。三ツ星レストランは無理だけど、焼き肉くらいなら全然平気ですよ」

鼻にかけたような印象を与えないように気をつけたつもりだったけれど、思わずイギリス住まいだった自分を誇示するような言い方になってしまった事に気づいて口を噤む。誠さんの何でか分からないけれど「子どもは公共の場に出すべからず」的な考え方に私は以前から苛立ってきた。こんな男の子どもを産んだら大変だろう。子どもや育児、母親の立場や思いに無頓着なデリカシーのない男と結婚してしまった友達らがどんどん離婚していくのを私は見てきた。芳子ちゃんと誠さんも今は良いかもしれないけれど、子どもが出来たらきっと芳子ちゃんはぶち切れ始めるだろう。光雄がそういうデリカシーのある男で良かった。イギリスでもサッカー観戦やポロ観戦、競馬観戦やハイパージャパン、コンサートも、子どもを連れて行ける所にはどんどん連れ出したし、光雄も人見知りで積極性に欠ける理英をどんどん外に連れ出すべきだと同意して、色々なイベントや小旅行を提案した。こんな男と子どもを作ってしまったら生き地獄だろうな、と私は目の前の誠さんを見ながら思う。

「辛いもの、どんなのが好き？　中華？　韓国系？　夕飯の参考に、もし食べたいものがあったら教えてね」

「あ、でもよっちゃんはお腹が弱くて、辛いもの好きなんだけど、食べるとお腹壊しちゃって。だからあんまり気にしないでください」

そうなの？　それは辛いね、と言いながら、次第に苛立ちが高まっている事に気づく。何なんだこの女。気持ち悪い。ほとんど喋らず黙々とご飯を食べる芳子ちゃんがどんどん気持ち悪い生き物に見えてくる。まるで自分の代わりに誠さんに喋らせているようだ。

「じゃあ、誠さんは何が好きですか？　いつも夕飯考えるのが大変で」

「あ、僕、ビーフシチューが好きなんですよー」

「いいですね、ビーフシチュー。駐在の友達で、フランスからイギリスに来た子がいて、その子に聞いたんですけど、ビーフシチューって、フランスのブルゴーニュ地方が発祥だって言われてて、フランス語ではブフブルギニョンっていって、牛肉を赤ワインに浸け込んで何時間も煮込むんですよ」

「へえー、それってルーとか使わないんですか？」

「うん。色んなレシピがあるんだけど、私は赤ワインとトマト缶と、フォンドボーと、あとはブーケガルニで煮込むだけ。私もその友達の家で初めて食べた時感動したんです。今度作りますね」

「わー、レストランみたいだなー」

「へえ、ビーフシチューってルーがなくても作れるんだあ」

芳子ちゃんの言葉が完全に感情をなくしたような響きである事に気づいたのか、誠さんが「前によっちゃんが作ったビーフシチューもすごく美味しかったよ」とフォローした。

「でも肉が固かった。肉ってどうやったら柔らかくなるんですか？」

「あ、パイナップルの汁使うとどんなに安いお肉でも柔らかくなるよ。加熱処理してないパイナップルの汁かジュースにつけ込んで煮るととろとろになるよ。あとは圧力鍋かなあ」

「えー、そんな面倒臭いこと出来ない」

「いいんだよ、よっちゃんのビーフシチューも美味しいから」

誠さんのフォローに合わせて、そうそう、手作りのも美味しいけど、ルーのビーフシチューって定期的に恋しくなりますよね、と同調する。何となく、二人の間に険悪な空気が漂っているように感じられて、理英すらも少し芳子ちゃんを気にしている様子が窺える。誠さんは、結婚後ずっと芳子ちゃんのご機嫌取りに必死だ。結婚前はむしろ誠さんの方が強気に出ているように見えたけれど、結婚したが最後、なのか、彼は彼女が機嫌を損ねる事を恐れているかのように彼女の顔色を窺い続けている。でも、デリカシーのない誠さんは芳子ちゃんの気持ちがよく分かっておらず、ただ単に芳子ちゃんが苛々し始めると慌ててご機嫌取りをするというやり方のため空振りして、芳子ちゃんがその無理解さに更に苛立っているような、そういう印象を受ける。

前に親戚の集まりの時、芳子ちゃんが不意にいなくなり連絡も取れなくなり、数時間後に電話を掛けてきて駅前まで誠さんを迎えに来させた事があった。何かちょっとご機嫌斜めみたいで、と困ったように笑いながらコートを羽織って出て行った誠さんは、それから何時間も帰って来なかった。私はその時の誠さんが、二歳の子どもについて話す時のような、そういう感覚で芳子ちゃんの事を語っているような違和感を持った。ご機嫌斜めで、という言葉は、その相手に論理や理屈を見ていないような気がしたのだ。まるで二歳の子どもや猫のように身勝手でわがままな生き物として彼女を捉えているような気がして、きっと彼は「女の事はよく分からない」と過剰に女と男を切り離して考えているんだろうと思った。彼の中には、女性蔑視、子ども蔑視、自分と違うものを排除する意識が根強く残っている。だから彼がどうしたの芳子ちゃん、心配したよと駅前まで駆けつけて、何か食べたいものある？　どこか行きたい所ある？　とご機嫌取りをしても、芳子ちゃんはきっと自分が見下されているような気がして、思い通りの行動を取らせても達成感がなく苛々が募っていくのだろう。私はその手の自分中心主義的な男が大嫌いだ。へこへこしていて決して亭主関白ではないけれど、掘り下げていけば根元にあるのは強烈なマッチョ精神で、彼がどんなに芳子ちゃんのご機嫌取りをしようが、アイスクリームを走って買って来ようが、愛人と隠し子がいて定期的に失言をしつつ料亭でがっはっはと笑ってるような団塊世代の政治家なんかと根本的には変わらないのだ。

　親戚の集まりの中で孤立してる気がして居づらかったみたいで、と次の日の朝誠さんは言って、朱里さん、年も近いし仲良くしてやってくれないかな？　と続けた。まだ芳子ちゃんの本性を知らなかった私は、社会性のなさそうな子だなと思いながらも、私の方こそぜひ仲良くしてもらいたいです、と答えた。会社勤めをしていた頃、後輩に同じような女がいた。彼氏とちょっとした喧嘩をしたり、気に入らない事があったりするとすぐに芳子ちゃんのように失踪して、今○○にいる、とメールや電話で言ってわざわざ迎えに来させる女が。私は誠さんみたいなマッチョな男も大嫌いだけど、そういう面倒な女も大嫌いだ。男が自分を心配して探しまわるというシチュエーションに燃えるのか、権力争いの一つの戦略なのか知らないが、何ともしみったれた画策だ。そもそも、誠さんは結婚自体芳子ちゃんに押し切られた感がある。何故そんなに結婚を急いでいたのか分からないけれど、お義母さんによれば、いつになったら結婚するのもう三十になっちゃう結婚してくれなきゃ別れると喚きに喚いて結婚にこぎつけたというのだから呆れてしまう。そもそも何で早く結婚しなきゃいけないのか。三十で結婚していないとおかしいのか。正直さっぱり分からない。最近流行の婚活とかそういうものもよく分からない。社会的な体裁、あるいは一人の孤立感に耐えられず？　子どもが欲しくて？　どれもしっくりこない。一人で生きる人生は充実していないとでもいうのだろうか。恋人同士だって、二人が望んだ時に結婚するべきだ。どちらかがしたいしたいと騒いでする結婚なんて意味がないし、二人が望まないのであれば事実婚でも全く構わないわけで、結婚が恋愛の目的なんて馬鹿げている。

「ママ」

「ん？」

「ごちそうさまでした」

ああ、と言いながら理英のお皿をチェックする。みそ汁を少し残していたけれど、よく食べました、と微笑む。何だか自分がふつふつと考えていた事が、エリナさんが言いそうな事だなと気づいて、私は面白くない気持ちになった。きっと、結婚しなきゃと焦る気持ちと、結婚なんてしなくても充実した人生は送れるという気持ちと、私の中には両方あるのだ。そして、エリナさんのように完全な後者である人を見ると苛立ち、芳子ちゃんみたいに完全な前者である人を見てもまた苛立つのだ。それは、どちらにもなりきれていない自分自身への苛立ちでもあるのかもしれない。

「ごちそうさま」

箸を置いて立ち上がった芳子ちゃんは、自分のお皿を流しに運ぶとじゃあ私先に上行ってるねと言ってリビングを出て行った。あの人は人の作ったものを食べておいて皿洗いをする気もないのかと呆気に取られる。きっと私が作り置きしておいた昼食に使ったお皿も、洗ったのはお義母さんなんだろう。私はこれ以上なく不本意ながら転がり込んだ彼らと生活を共にし、子育てに家事にと忙しくしているのに、彼らは無職な上お金も入れずに私たちの寝室と納戸を占拠し、理英のおもちゃを勝手に捨て、洗い物もしない。今朝はお風呂場と洗面台の排水口に髪の毛が溜まっていたし、換気ボタンを押しておらずものすごい湿気が籠もっていた。苛々した気持ちのままさつまいもをつつく。

「あの」

「うん？」

「えっと、これからしばらくの間一緒に生活するので言っておきたいんですけど」

「はいはい」

「一緒に生活する者としてちょっとルールというか、決めておきたい事があって」

「ああ、なるほど。そういうの、必要ですよね」

「えっと、お義母さんはお義父さんの介護をしているので、私はそれをフォローしつつ家事と育児をやっていくつもりなんですけど、えっと、私が帰国するまではお義兄さんたちはどんな生活をしてたんでしょうか？」

「うーん、僕たちは割と夜型だから、お昼くらいに、まあ遅い時は夕方くらいに起きて、それからご飯とか食べて」

「その、ご飯って、お義母さんが作ってたんですか？」

「母さんが作ったり、よっちゃんがたまに作ったり。よっちゃんもね、たまに今日は料理する、って張り切ってフレンチトーストとか、野菜炒めとか突然作る事があるんだよね」

「掃除とか、洗い物とか、洗濯とかは？」

「うーん、まあ汚いと思ったらする感じかな。下の掃除は母さんがやって、洗い物もそうだな、基本的に母さんで、洗濯はそれぞれ、僕たちの分は僕たちでって感じで」

「そんなにお義母さんが色々やってたんですか？」

「そうですね」

「一応、ここに間借りしている状態ですよね？　生活費ももらってないし、もうちょっと協力的に色々やってもらえないですか？　せめて洗い物はするとか、共用のスペースだし、お風呂とかリビングの掃除をしたりとか」

「でも僕たち夜型なんで、夜中に洗い物とか掃除したりすると朱里さんたちは寝てるし、迷惑ですよね？」

「でも、お昼か夕方くらいには起きるんですよね？」

「でも起きてすぐは何も出来ないし……」

あまりに信じられない発言の数々に、私は自分の怒りが抑えられなくなっていくのを感じた。こういう非常識な兄がいるなら、そしてその非常識な兄が非常識な女と結婚するなら、こんな家に嫁入りなんてするんじゃなかった。無力感に打ち拉がれる。こんな時、光雄がいたらと思う。嫁の立場で言える事なんて限られている。こんな時、光雄が間に立ってくれれば。あと一ヶ月、あと一ヶ月と思うけれど、私の精神はそれまでもつだろうか。光雄に頼んで光雄から遠隔的に注意してもらうのも、私の無力さを露呈するような行為に思えて悔しい。

「お義母さんはお義父さんのお世話があるし、私も理英の世話があって、出来るだけお義母さんのお手伝いをしたいし、お義兄さんもここにいるなら出来る事はやってもらいたいんです。何ていうか、その、一応同居している者として責任感を持ってもらいたいというか」

「そうですよね。これからは僕らも朱里さんの力になれるように努力しますよ。じゃあ、洗い物とお風呂とリビングの掃除はこれから僕がやるんで」

私の力になれるように？　私の力になれっていう話じゃない。てめえらの面倒はてめえらで見ろって話だ。言ってやりたい言葉を呑み込む。

「芳子ちゃんは、家事は出来ないんですか？」

「よっちゃんは、家事やってって言うと苛々するから、いいんですよ僕がやるから」

気持ち悪い、と口をついて出そうになって慌てて別の言葉を探す。

「お義兄さんて、そんなに芳子ちゃんが怖いんですか？」

「怖いっていうわけじゃないけど、一回機嫌悪くなるとしばらく治まらないし、そうなると色々面倒だから」

嘲るような調子で言ってしまった事を一瞬悔やんだものの、誠さんはそんな事を気にする様子もなく、淡々と答えた。

「ずっと、そんな感じなんですか？」

「結婚してすぐの頃はそうでもなかったけど、ここ二、三年、彼女ちょっと疲れやすくて、すぐに体調悪くして、体調悪くなると機嫌も悪くなるから、僕も出来るだけ手伝うようにしてて」

「何か、持病があるとか？」

「いや、元々身体が弱い子だから」

へえ、と呟いて、馬鹿馬鹿しくなる。そんなに芳子ちゃんの機嫌を損なうのが怖いなら、一生芳子ちゃんのご機嫌が悪くならないように気を遣って生きていけばいい。夫婦の形はそれぞれだ。これ以上異次元的な話を聞くのが苦痛になって、私は自分の食器を片付け始めた。

「じゃあ、よろしくお願いします。私もペースが戻ったらもっとお義母さんのフォローをしていきたいと思ってるんで、ここにいる間はそれなりに協力してもらえると助かります。一週間二週間ならまだしも、もう何ヶ月もいるわけですし」

「うん。僕もこんな事になって申し訳ないと思ってるんだよ、本当に厚かましいお願いだって分かってるんだけど、情けないけど頼れるのは実家しかなくて」

「ついでに聞いておきたいんですけど、出て行く目処は立ってるんでしょうか？　私たちも、この和室での仮暮らし状態は辛くて、もしもまだ目処が立っていない状態なら、光雄さんが帰ってくる前に上の寝室と部屋を交換してもらいたいと思ってるんです。光雄さんと理英とこの和室で生活するのは無理があるんで」

「まだ目処は立ってないんだけど、光雄が帰って来るまでには絶対出て行くよ。まとまったお金が全然ないわけじゃないし、あとは仕事探しだけだからさ」

「本当ですか？　良かった。じゃあ光雄さんにもそう伝えておきます。光雄さんも、家の事とか誠さんの事心配してて、光雄さんが帰って来る頃には部屋を整えておきたいと思ってたんで」

「もしもそれ以降も出て行くのが難しそうだったら、下の部屋と交換するよ」

　この人は、この家は両親の家だくらいに思っているんだろう。別に誰にもはっきりとは明言していないが、この家に関して義両親が払ったお金は一千万だけで、残りの六千万の内二千万はうちの貯金で、残りの四千万のローンを払っているのは光雄だ。そんな簡単に、交換するよだなんて言わないでもらいたい。

「いつまでもだらだらになると、お互いのためにならないから、きちんと期限を設けた方がいいと思うんです。一ヶ月後の光雄さんの帰国までには絶対という事で、お願い出来ませんか？」

「うーん、仕事が決まらないと、まだ何とも言えないなあ」

「あの、就職活動はしてるんですよね？」

「それはもちろん」

「この四ヶ月、決まってないんですよね」

「そうだね」

「それで今後一ヶ月で決まるという見通しの根拠はあるんでしょうか？」

「知り合いの会社でね、今月空きが出るって話があって」

「あ、そうなんですか？　聞いておいて良かった。安心しました。何の会社なんですか？」

「長距離の運送。結婚前にしばらくやった事があって。何日も家空ける事になるし、色々心配はあるんだけどね」

　運送なら別にそこじゃなくても今すぐ雇ってくれる所だってあるだろうと思いつつ、いいじゃないですかーと笑顔で言う。全く子どもっぽい男だ。でもこれ以上突っ込んだらモラハラになるかもしれないと思い口を噤む。家に置いてやってるんだからと詰問しているわけではない。ただひたすら、純粋に、涙が出るほど、彼らに出て行ってほしいだけだ。


「もう限界かも」「ひたすら憎い」「こんな風に人に憎しみを抱く事自体が辛い」「こんな風な人との関わり方をしたくない」「ここにいると私は、なりたい自分からかけ離れてしまう」「もっと寛容に、優しさを持って生きていたいのに」「もう憎悪しかない」「ずっと苛々してる。理英にもあたっちゃう」「理英の問題もまともに考えられない」「今私はあの子の事を許せない」「こんな自分が嫌で仕方ない」「一刻も早く出て行って欲しい」「理英と光雄と三人で穏やかに暮らしたい」。光雄に連投しているメッセージを見つめながら、自分が激しく病んでいる事に気づく。帰国から二週間が経ち、私の憂鬱は限界に達していた。どこまでも無遠慮な義兄夫婦、毎食毎食私の作った料理を貪り食い、誠さんがやると言った食器洗いも下洗いをきちんとしていないせいで食洗機を開けると半分以上きちんと洗えておらず、洗い物が入りきらないとフライパンや鍋を後回しにしてシンクに残しておくものだから料理をする時になって自分で手洗いしなければならなかったり、排水口や生ゴミの掃除をしないため常にシンク内に生ゴミが散乱し、誠さんに洗い物を任せてから二回も排水管が詰まり、その詰まりを直すのはもちろん私の役目で、リビングの掃除も適当でいつも掃除機がリビングの端に放り出されていてそれを片付けるのも私の役割になっている。洗い物をしたくないからわざとこんな適当なやり方をしているんじゃないだろうか。光雄に対してだって、家事をしてくれる際にこうしてくれああしてくれと言うのは躊躇うのに、誠さんにあれこれ口出しを出来るはずもなく、生ゴミは生ゴミ用のゴミ箱がここにあるので、ここに捨ててもらえますか？　と一回言ったものの、ああ分かりました、と答えた誠さんがそれ以来生ゴミを捨てた形跡はない。ゴム手袋をはめて生ゴミを寄せ集め腐った臭いのする排水口を掃除する度、誠さんへの怒りとこんな状況に陥ってしまった自分の不運さに涙が込み上げる。

ロンドンに帰りたい、ロンドンに戻りたい、もう一度あの自由な生活をしたい。人と生活したくない。私の家族と、光雄と、理英と、三人で暮らしたい。あらゆるものとの隔絶感と孤立感の中で、三人で結びついていたあの生活。帰国以来、全てが義兄夫婦に狂わされてばかりだ。時差のせいで光雄と連絡を取れない事も多く、どんどん疑心暗鬼になっていく。光雄は帰って来ないんじゃないか。私をこの地獄に落としたまま、どこかへ失踪してしまうんじゃないか。そんな通常の精神状態では考えもしないような事で頭が一杯になる。そして理英の問題だ。新しい環境に身を投じたせいだろうが、幼稚園に通い始めて一日で理英は情緒不安定になり、深夜に何度も激しい夜泣きを繰り返すようになり、睡眠サイクルの乱れからここ数日おねしょも繰り返している。幼稚園で先生に聞くと、園ではとってもいい子にしてますよと言うけれど、でも友達はまだ出来てませんね、とも言われ心配していたのが、ようやく今週に入って最近仲良しのお友達が出来たんですよと聞いて喜んでいたら、昨日お迎えの時に言われた言葉に私は愕然とした。「実は理英ちゃん、今日いつきちゃんと一緒に他の子の悪口を言って泣かせてしまったんです」いつきちゃんというのは数日前に聞いた、仲良くなったという友達の名前で、私は先生の顔をまじまじと見つめて言葉を失った。理英がいじめられるならまだしも、いじめをするなんてあり得ないと思った。他の子と間違えているんじゃないかと思って理英を覗き込み、本当なの？　と聞くと、理英は口をへの字にして顔を俯けた。何をしたんですか？　理英はどの子に、何を言ったんですか？　そう聞くと、どの子にかは教えてくれなかったけれど、いつきちゃんがある子にお洋服が可愛くない、と囃《はや》したて、理英ちゃんも一緒になって可愛くない可愛くないと言って泣かせてしまったのだと先生は話した。あまりにショックで、私はしばらく口を開けたまま固まっていた。信じられなかった。内気で内向的で大人しく、先生に怒られる事など一生ないだろうと思っていた理英が、友達と一緒に他の子に悪口を言い泣かせた。帰り道、私は痺れたような体を引きずるようにして歩いた。そして人気のない通りまで来ると私はしゃがみ込んで理英をじっと見つめ、歯を食いしばったまま両手を強く握った。ごめんなさいと顔を強ばらせて言う理英に、私は許しの言葉を口にする事が出来なかった。ママは恥ずかしいよ、理英がお友達にそんな事を言うなんて、信じられない、見損なったよ。言葉の意味はよく分かっていなかっただろうが、私の怒りは伝わったようで、理英はその場で大泣きした。だから嫌だったんだ、日本の幼稚園や学校にはそういう馬鹿げた下らないいじめや仲間はずれがあって、きっとこれから十数年も、私は理英がいじめられたり、こうしていじめたりという事案に凍り付くような思いをするのだろう。私はその帰り道、理英の顔をまともに見る事が出来なかった。そんな事をする子じゃないと思っていたからこそ、ショックが大きかった。その日帰宅してから理英はずっと、なつきちゃんに会いたい、ゆりちゃんに会いたい、とロンドンの友達の名前を挙げ、ロンドンの幼稚園に帰りたいと泣いていた。日本の幼稚園は、ロンドンの日本人幼稚園と比べるとやはり、殺伐としているのかもしれない。この理英でさえもいじめの渦に巻き込まれざるを得ない環境なのだとしたら、理英だって被害者に他ならない。むしろ理英をいじめっ子にさせてしまうこの環境が良くないのだと思い始めたら、怒りの矛先が幼稚園の先生や他の子ども達に変わりそうで、私はその自分のモンスターペアレント的な発想にげんなりした。

そして昨晩、そうして理英が泣いてロンドンに帰りたいとぐずっているのを聞いて、誠さんの言った言葉は「やっぱり小さい子にカルチャーショックは良くないね。子どもは落ち着いた環境で育てるべきだよ」だ。お前みたいな引きこもり気質の男の子どもはきっと保守的に育てられて公園にも行かない子どもになるんだろうな！　と心の中で罵倒しつつ、心の中で反論を繰り広げた。小さい子なりに、別の環境で得るものもたくさんあったはずだ。旅行とは違う海外体験が出来て、記憶にも少しは残るだろうし、たくさんの出会いもあった。落ち着いた環境でというが、じゃあ子どもと二人日本に残って落ち着いた環境ではあるけど父親はいないという環境の方がましだったのかと言えばそれはどうなんだ？　じゃあ転勤しない男と子どもを作るのが最も子育てに適しているとでも言いたいのか？　そんなあんたの生っ白い思い込みで安易に発言するんじゃないよこのぬるま湯の裸の王子が！　私はたくさんの駐在家庭を見てきた。それこそ、十年以上海外を転々としている家庭だってあった。でも彼らはすごく前向きで、子どもたちもしっかりした素直な子に育っていた。私だって海外赴任についていく事に迷いもあった。

旦那だけ単身でという道も考えなくもなかった。でも前向きに考えようとした。きっと住めば都、新しい体験が私も理英も出来る、日本では出来ないような事がたくさん出来る、そう思って前向きにイギリス行きを決めた。もちろんうまくいく事ばかりではなかったけど、英語が下手で本当にほとほと嫌気が差した事もあったけど、でも最終的には私はイギリスに行って良かったと思えたし、あの時行かなかったら後悔していたはずだ。

「大丈夫？　あと二週間の辛抱だよ。とにかく帰ったら俺が何とかするから、もうちょっとがんばって」

光雄からのメッセージを見て、私は不意に思い出す。来なきゃ良かった、来なきゃ良かった、こんな所に来なきゃ良かった。呪詛の言葉のように頭の中を渦巻いていた。早く自分の家に帰りたい新築の家に帰りたい日本に帰りたい日本で生活したい言葉が分からないこの生活はもう嫌だ帰りたい来なきゃ良かった。本当はそうだった。がんばって楽しもうとしていたけど、本当はそんなに楽しくなかった。がんばって色々経験しようとしたけど、本当は心は日本にあって、本当は全然イギリスなんて最悪って思っていた。いつの間にかイギリスでの記憶が美化されていた事に気づいて力が抜けていく。

ぶるっと震えた携帯のロックを再び外す。Y-Mari、という名前に、既に懐かしさを覚えていた。「あかりちゃん元気？　帰国したっきり連絡ないから元気かなーと思って。きっと忙しい毎日だよね。さっきエリナと飲んでて、あかりちゃんの話題になったからちょっとメッセージしてみました〜」最後ににこっとした絵文字が入っている。真里ちゃん、エリナさん、理英と同じ気持ちだ。帰りたい。あの毎日に戻りたい。苦手なエリナさんだったけど、今思うと懐かしくて、何でもっといっぱい話しておかなかったんだろう、もっと仲良くすれば良かったのに、と、さっきまで自分の記憶は改ざんされていて本当は色々大変な事ばかりだったと思い出していたというのに、過去に引きずられる自分に辟易する。「久しぶり！　元気じゃないよー。色々大変な事ばっかり。理英は帰りたい帰りたいって言ってばっかりだし、私も色々あって……新しい生活に馴染めなくてさあ。そっちはどう？　相変わらず？」時計を見ると、もう十一時だった。向こうは三時だ。きっと、真里ちゃんとエリナさんの事だから、パブでぐいぐい飲んでいたんだろう。イギリスで仲の良かった友達らの記憶が蘇って胸が苦しくなる。ずっとここで暮らすんだから、そろそろこの近所でも友達が欲しい。ママ友らしいママ友を作って、料理の話、子どもの話、美容の話とか、幼稚園、小学校について、色々話したい。きっと、ママ友と下らない話をしていれば、少しは気も楽になるだろう。

「大丈夫？　あかりちゃんちょっと話さない？　今家帰ってきた所で、お迎えの時間までになっちゃうけど」

意外な申し出に驚きつつも、誰でもいいから愚痴りたい、久々の友達と話したい、という気持ちが募って「いいよ、じゃあ五分後くらいに掛けていい？」とメッセージを入れた。リビングに出て、冷蔵庫を漁ってワインを取り出す。帰国してすぐにワインが恋しくなって買ったものの、まだ開けていなかったものだ。栓を抜いてワイングラスに注ぐと、私はLINEを通話画面にして真里ちゃんのアイコンをタッチした。

「もしもしー」

「もしもし？　久しぶり。どうしたのちょっと心配するよあんな弱気で」

まあ話したい事は山ほどあるけど乾杯、と言うと、あ、私も家帰って飲み直してた所なの、乾杯！　と真里ちゃんは声を上げた。ごくごくと久しぶりのアルコールを飲んでいると、自分がロンドンの真里ちゃん家のリビングにいるみたいで、思わずするすると愚痴が零れていった。義兄夫婦が転がり込んでいる事、お義母さんが通いの介護員にばかり介護を頼み、あまり私を頼ってくれない事、旦那が引っ越し準備と仕事の引き継ぎに追われて連絡が取りづらい事、理英が幼稚園で意地悪な友達とつるみ、いじめに加担した事、いつまでもイギリスに帰りたいと泣き言を言っている事、私自身も、日本に帰ったというのに義兄夫婦のせいで最悪な気持ちから始まり、今思えばイギリスでの生活が天国のように思える事、ワインも進んで、真里ちゃんが酔っぱらっている事もあって、明日の幼稚園の送りの事も忘れて話していた。

「もちろんロンドンでの生活は大変だったけど、今思えば最後の方はちょっと余裕も出てきてたし、幸せだったのかなあって思うの。もちろんそれは結果論なんだけど、もちろん大変だったんだけど、でもやっぱり、落ち着いて家族三人で生活出来るって、本当に幸せな事だったんだなあって。だってさ、帰国したら多分旦那もロンドンにいた頃と違って、残業もするようになるんだろうし、飲み会とか、そういう付き合いも出てくるわけじゃない？　毎日家族三人で夕ご飯食べるような生活ってもう出来ないんだよね。何かそういう事考えたら、やっぱり駐在も悪くなかったなあって思うんだよね」

「まあ、何かが足りれば何かが欠けるもんだよね。朱里ちゃん、すごく帰国したがってたのに……お義兄さんたちの事さえなければねえ」

「ほんと。こんな事になるなら、あと一年くらいイギリスいても良かったなあ。やっと帰れたと思ったのに、結局ここも新しい地獄だよ」

「長男て所が面倒臭いよね。うまく立ち回らないとこれから先親戚付き合いとか色々面倒な事になるもんね」

「そうそう！　義兄夫婦の問題ってほんとめんどくさい。もっときちんとした人だったら、って思わずにはいられないよ。何でこの家に彼の問題が持ち込まれなきゃいけないのか、ほんと耐えられない」

「ほんと、旦那の実家とか旦那の兄弟親戚との関係は権力闘争だよね」

「ほんとほんと。友達もさ、旦那の親が死んだ時、遺産相続で揉めに揉めて、大分裂しちゃったって。親戚同士って、普段は仲良くしててもいざ何かあった時に、何で私よりあの人の方が、とか、何でうちよりもあの家の方が、みたいな嫉妬が半端ないんだよね。殺人事件もさ、親戚関係とか、家族関係のいざこざが発端になってみたいな事多いよね」

うわこわー、と真里ちゃんは嬉しそうな声を上げる。

「そこにアル中とかDVとか借金とか離婚とか絡んでくるとほんと泥沼だよねー」

「ほんとそうだよ。真里ちゃんとこは旦那さんの家とうまくやれてていいよなあ。ていうか、私も今回帰国するまではすごくうまくやってる方だって思ってたんだけど……」

「まあ、うちもいつどうなるか分からないよ」

けらけらと笑っている内に、少しずつ気分が楽になっていく。どうして女は、話す事でしか報われないのだろう。女にとって悩みとは、解決するものではなく語るものなのだ。男に相談すると大抵こうしたらああしたらという提案の嵐になって苛々する。解決策など考え尽くした挙げ句の相談なのに、何をこいつらは解決しようとしているのだろう、と呆気に取られる。女が自分の抱えている問題を乗り越えるのに必要なのは、解決策でも時間でもなく、話す事、聞いてもらう事でしかない。

「あーでもちょっとほっとするよ。さっきまでエリナと話してて、何か価値観違いすぎてくらくらしてた所だからさあ」

「エリナさんは相変わらず？　自由人？」

「うん。相変わらず。こんな感じの、家庭の問題とか旦那との問題とか話すと、何でそんな事で悩んでるの？　って感じの反応しかしないから、まあ彼女の言いたい事は分かるんだけど何かあーあ、って気持ちになるんだよねえ」

「分かる分かる。やっぱバッがついてる人って、基本的に我慢しない人なんだろうね」

想像出来る。今の私が置かれた環境やその苦しみについて話したとしても、彼女は何でそんな事に耐えてるの？　ときょとんとするだろう。分かっている。状況に縛られない人には伝わらない苦しみだ。ただひたすら、肩が下がりきって床につきそうな脱力感にため息をつく。何者にも干渉されず、自分の好きなように生きていく。それが出来る人には、この世界はどんな風に見えるのだろう。子どもの頃は親に干渉され、大学生になってようやく親元を離れて自由になったと思ったら、今度は社会人になって会社で人の視線や空気を気にしながら会社内での人間関係、立場を守り続け、結婚して子どもが出来たら子どもに干渉する側となり、義父が倒れてからは介護の問題が浮上して親戚との関係も重たくのしかかり、これから子どもが小学校に入学したりしたら、今度は学校内でのママ友関係やPTAだとか、そういうものにもかかり出され、気がついたら子どもたちが出て行き、いずれは子どもたちに面倒臭いなあと思われながら介護されたり、同居してもらったり。そこまで考えて、私はそこはかとない虚無感に襲われる。自分の行く末がこんな風にしか想像出来ない事に、自分の未来が抗いようのない形で規定されていく事に。

例えばもしも私が仕事に復帰したら、その道は覆るのだろうか。少なくとも、家族や子どもだけが生き甲斐であるという状況は避けられるだろうけれど、今からパートやバイトを始めたって少ない稼ぎの上、子どもや光雄に我慢を強いる事になる。じゃあ正社員でどこかに、といったってこのご時世どこも雇ってなんてくれないだろう。元の会社のOGがいい所だ。私はかつて自分が働いていた職場でのOGの軽んじられっぷりを思い出してその思いつきが如何に悲惨な結果を生むか思い至る。働いていた頃は、未来は無限に感じられていた。詳細に、どんな未来があると考えていたわけではないけれど、自分に出来ない事について考える事なんてほとんどなかった。今になって、私は今自分に出来る事よりも、出来ない事について考える時間が増えている事に気づく。年のせいもあるだろう。今年で三十五。会社を辞めて五年が経とうとしている。会社を辞め、家庭に入り、旦那の親と同居を始め、イギリスに行き、帰ってきて、私は今、自分が何も持たない、何も生み出さない限りなくゼロに近い存在である事に傷ついている。自分の母親を思い出す。子どもの頃、幼かった私には、彼女がゼロではなくマイナスの存在にしか見えなかった。おばさん的な見た目に価値はなくむしろ存在自体がマイナスに見えたし、一時間千円にも満たない時給でパートをしてこき使われている彼女が、道行く人からおこぼれをもらう物乞いのように見え、おばあちゃんと一緒に認知症のおじいちゃんを介護する彼女は、みすぼらしかった。母親に憧れる要素なんて何一つなかった。だから私は、専業主婦にはなりたくないと思ってきたのだ。働き続けたかった。家庭に入るなんてまっぴらで、お金を稼いでシッターや介護員を頼んで、自分は自分の仕事をこなしながら、家庭の幸せも手に入れるつもりだった。でもいつしか、私は会社で昇進していく能力と情熱が自分にない事に気づき始め、次第に社内の抑圧的な空気に蝕まれ始め、このまま働き続けるよりも家庭に入った方が私にとっても子どもや旦那にとっても幸せなのかもしれないと思い始め、また会社で子育てと仕事を両立している女性を見て、精神的にも肉体的にもあんな事は出来ないと諦めの気持ちを抱き始め、妊娠のタイミングで会社を辞めた。会社の先輩に、不妊治療をしていた女性がいた。何度やってもうまくいかず、子どもに対する考え方の違い故に夫との溝も深まり、離婚に至ったと話している彼女を、私は哀れみと共に見つめていた。可哀想な人。そう思っていた。私は、これから自分が子どもを産むと信じて疑わなかったからだ。自分が不妊症である可能性や、子どもを持たない可能性を、どこかで完全にない事にしていたのだ。でも今になって思い返すと、会社では既に管理職となり、いつまでも身なりに気を遣って自分好みの生活をし、恋愛もしている彼女が輝いて見える。多くの専業主婦が辿る道を辿っている内に、いつしか私は彼女よりも格下の、私が母に対して感じていたマイナスな、哀れな存在に成り下がっていた。でもその成り下がった自分を自覚したくないために、子育ての意義、家庭を守る事の意義を過大評価し、不妊症の先輩やエリナさんみたいな人を見下す事でプライドを保ってきたのだ。意識的にしてきたわけではない。それは自然な、反射的な生理反応であって、自分で操作出来るものでもないのだろう。

　きっと、私がここから別の道を歩む事はないだろう。私は、子どもと夫と共に、それらを後ろ盾に生きていくしかないのだ。

「ニューヨークに行くんだって」

「ん？　何？　誰？」

「エリナだよー」

「ニューヨーク？」

「新しい彼氏がニューヨークでの仕事が決まったんだって」

「なに、彼氏って何者？」

「ベルギー人だったかな、ダンサーなんだって」

　現実味がなさ過ぎて、感想の一つも出てこない。

「完全に、ロンドンの方は引き払っちゃうってこと？」

「そうみたい。ニューヨークのカンパニーに引き抜かれたか何かで、もう完全に向こうに住むみたい」

「まじ？」

「まじまじ。しかも聞いてよ、彼氏二十一だって」

うわー、と言ったきり言葉が続かない。

「よくそんな簡単に決めるよなあってびっくりしたんだけど、とりあえず行ってみるよ、って超気楽でさあ。ま、今回は彼氏も一緒だし、イギリス来た時よりは色々楽だと思うけど」

「まじかあ。やっぱシングルは想像を絶するなあ。でも、やっていけんのかな？　そんな若いダンサーなんて、収入ないんじゃない？」

「ま、彼女自身不労所得で生きてるような人だからさ。やっぱ金持ちと一回結婚しちゃえばその後の人生バラ色だよねー」

「何か遠い世界だなあ。ビザとかどうすんの？　まだ結婚はしてないんでしょ？」

「あー、何かエリナの元旦那がアメリカ在住歴が長いみたいで、向こうの人の推薦状とか簡単に手に入るみたいで」

「何か、適当に生きてる人には、適当に生きていける環境が整ってるもんだよね。ほんと何で自分の人生ってこんな複雑なんだろうって思うよ」

「ほんとうんざりするよね。私もさあ、旦那が携帯いじってるだけで女じゃないかとか疑っちゃうし、携帯で連絡つかないともやもやして生きた心地がしないし、ほんと何でこんなに心配性なんだろうって自分でもうんざりするもん。もっと鷹揚に構えてられる女になりたいよ」

真里ちゃんの話は何となく的はずれな気がしたけれど、真里ちゃんの嫉妬話は仲間内でもよくネタにされていた。彼女の旦那さんへの愚痴を聞く度に、旦那さんの事が好きなんだな、と微笑ましく思ったたし、過去の自分を見ているようで可愛らしく思えた。私はもう、光雄に対して彼女のような初々しい気持ちは持っていない。彼に対して何の不満もないけれど、真里ちゃんみたいな二十代の子とは、何かが違う。燃え上がるような恋愛感情は、子どもの誕生とほぼ同時に消え失せてしまった。何故だろう。私はもう、恋愛だけではなく、何かに熱中する事がない。激しい感情や情熱を、完全に失ってしまった。愚痴を話して晴れ晴れしていた気持ちが、また少しずつ曇っていくのを感じた。

私たちはしばらく近況について話した後、そろそろお迎え行かなきゃという真里ちゃんの言葉ではっとして、私ももう寝なきゃと言ってじゃあねーと浮ついた声で電話を切った。

切った瞬間、自分の顔に残った笑みに違和感を抱く。何で私は笑顔でいるんだろう。私はいつもそうだ。笑いながら心は笑ってないし、心が泣いていても顔は笑うし、遠慮して、気を遣って、空気を読んで、そつなく生きている。それが私の取り柄だ。唯一の取り柄だ。そつなく生きれる。それだけが私の誇りだ。惨めだろうが何だろうが、それしか私の生きる道はない。私が三十五年間かけて切り開いてきた道は、そういう道だった。

今からどこかに引き返す事は出来ない。前に進む以外の道はない。

大きなスーツケースを二つ引きずり、ボストンバッグを肩にかけて、私は空港を彷徨っていた。手に持ったパスポートとチケットが汗でにじんでいく。チェックインをしなきゃ、スーツケースを預けなきゃ。チェックインカウンターを探しまわっているのに、私はHというカウンターを見つけられずにいる。はっと、私は一瞬辺りを見渡す。理英の姿が見えない。元々一緒に家を出たのか、それとも私はずっと一人だったのか、思い出せない。でも大きな喪失感がある。発狂しそうなほどの焦燥の中、私はぐるぐると辺りを見渡す。高い吹き抜けの空港の天井はガラス張りだ。遠い向こうにHという字を見つけて、私は携帯で自宅に電話を掛けながらHに向かう。もしもし？　光雄？　理英はそこにいる？　いるの？　ねえ光雄？　私は大きな声を出しながら電光掲示板を見上げる。もう間に合わないかもしれない。私は一体どこに行こうとしているのか。仕事だったような気がする。大事な仕事が。手帳を見ればきっと書いてあるはずだ。おかしい。何でこんなに頭が回らないんだろう。そうだ、昨日飲み過ぎたんだ。もう人のいないチェックインカウンターを突き進んでチケットを出す。受け取ったのはかっちりとした制服を着た白人男性で、私は思わず「急いでください」と英語で声を上げる。

「このチケットは無効です」

は？　何で？　どうして？　そう聞きたいのに言葉が出てこない。たくさん走ったせいで胸が痛かった。もしもし？　朱里？　どこにいるの？　何だこの時間差はと思いながら、やっと聞こえた声に電話を耳に押し当てる。もしもし？　という言葉も出てこず、私は口だけをぱくぱくと動かし続ける。

「新規のチケットを購入されますか？」

私はうんうんと頷きながら光雄に「理英は？」と叫ぶが声が出ない。理英はどこ？　怒鳴り声も出ない。こんな状態で、私はどこに行き、何をするのだろう。

「十万円になります」

意外と安いな。私は何故か冷静に思いながら、肩と耳の間に携帯を挟んで左手でバッグの中をまさぐる。チェックインさえすれば飛行機は私を置いていかない。大丈夫だ。今ここでチケットを買えば私は目的の場所に行ける。必死で財布を探す。慌ててがさごそとバッグの中に手を走らせる。おかしい。私の財布は長財布で大きいのに何で手に触れないのか。内ポケットか？　噴き出した汗が顎から垂れようという時、いたっと声を上げる。そうだ私は、バッグの中に包丁を入れてきたんだ。持ち込み禁止ですと言われた時の言い訳もちゃんと英語で考えてきたんだった。激痛の走る左手を引き出すと手は真っ赤で、私は呆然とぽたぽたと血の滴る手を見つめながらふと思い出す。そうだ、理英は死んだんだ。数ヶ月か、数年前に、私は我が子を失い、そして既に私はその喪失から立ち直っているのだ。もう理英の心配をする必要はないんだと思い出し、私はどこか安堵しつつ、血が滴り続ける手から目を離せない。お支払いはカードですか？　現金ですか？　朱里？　どこにいるんだ？　今どこにいるんだ？

ぜいぜいと肩で息をしながら目覚めた私は、左手を目の前に持ってきて、それがいつもの左手である事を確認する。体中が心臓になったように全身がドクドクと震動している。隣ではまだ理英が眠っていた。障子が閉められた小さな窓から、朝日が差し込んでいる。上半身を起こして、立てた膝に顔を埋める。思い切り息を吸い込んで、大声を出そうとお腹に力を入れた瞬間、思いとどまって息を止めた。ゆっくりと震えながら息を吐き出す。何故か分からない。自分のどんな気持ちが、そんな夢を見せたのか分からない。でも私は、完全に絶望的な気分だった。

リビングに出ると、私は水道から注いだ水を一気に飲み干して、グラスをシンクに置いた。朝ご飯を作らないと。そう思いながら冷蔵庫の中を眺める。ハムエッグと、昨日の残りのサラダと、トーストかな。ぼんやりとそう思いながら、上の部屋で物音がする事に気づいた。こんなに早く起きているなんて、珍しい。徹夜だろうか。あの人たちが上でばたばたしていたから早くに目覚めてしまったんじゃないだろうか。私は軽い苛立ちと疑心を抱きながらフライパンを温める。

「あら、朱里さん」

「あれ、お義母さん。早いですね」

「昨日の深夜から上が騒がしくてね、注意しに行ったら、突然引っ越しするって言うのよ」

「え？」

「友達のやってるシェアハウスに引っ越すんですって」

「え、出て行くんですか？」

「そうなのよ。今日友達が軽トラックで来てくれるから、何往復かして荷物運び出すって」

脳が痺れたように、びりびりしていた。大声で歓声を上げたくなるのを抑えて、胸の高鳴りを抑えるように胸に手を当て、深呼吸をして、急ですね、理英を幼稚園に送ったら私も手伝います、とお義母さんに言った。こんなに強烈な喜びを押し隠して演技が出来る自分に驚きながら、あらあらいけないフライパンが、という振りをしてお義母さんに背を向けた瞬間、顔面から完全に力が抜ける。こんな幸福が人生にあるなんて、思いもしなかった。元々、日本に帰った瞬間手に入るはずだった幸福だけれど、それがこんなにも尊いものであるなんて、思った事はなかった。お義母さんがリビングを出て行くと、ハムエッグを焼きながら、私は静かに涙を流した。彼らの出て行った後、寝室と物置部屋を綺麗に掃除して、自分の荷物を運び込み荷物を綺麗に整頓し、軽く模様替えをしたりして、和室も綺麗に掃除してお義母さん好みのインテリアで整え、キッチンも冷蔵庫も綺麗に整理し直し、この家を自分の生活空間を美しく、私のルールで整えていく。そう考えただけで腹の底から喜びが立ち上ってくるのが分かった。麻薬のようなそれが、私の体中を麻痺させていく。生きていて良かった。私の人生を邪魔するものは、もう永遠に現れないような気がした。この家は、私の世界だ。強大なコントロール感覚の下、私は家事をし、義父を介護し、看取り、愛する娘と夫と共に何十年もこの家で生きていくのだ。もう誰の事も羨ましくない。私は世界一幸せだ。黄身が薄ピンクに焼けたハムエッグ、こんがりと薄茶色のトースト、レタスとコーンと人参のサラダにタマネギドレッシング。起きてきた寝ぼけ眼の理英がテーブルについて手を合わせ、いただきますと言う。完璧な幸福の景色に、私は胸を打たれた。

解　説

江　南　亜　美　子

人間はつくづく忘れっぽい。昨日食べたものや明日の予定を失念するぐらいなら、つ
いうっかりで済むが、身に起きた大きな出来事ですら、思いもかけないはやさで忘れて
いく。むしろ大きなことほど、忘れるためのプログラムが自動的に起動するかのようで
ある。

なんの話かといえば、東日本大震災である。二〇一一年三月一一日に発生した大地震
と津波によって一万五千人を超えるひとが亡くなり、湾岸の街の景色は一変した。いま
だ日本が、この復興の道のりの半ばにあることは誰しも認めるところだろう。しかし地
震につづいて引き起こされた福島の原子力発電所の事故についてはどうか。事故直後、
広く関東地方の人々まで放射線被害の恐怖にさらされたとき、私たちは、なにかを変え
るべきときが来たと悟り、その気運はしばし高まった。だが変化を受け入れることをた
めらって足踏みするうちに、無情にも時間は経過していく。流れる月日は、当事者以外
の人々の頭から、故郷を離れざるを得なかった避難生活者の苦しみや原発事故の不条理

さを忘却させるのにじゅうぶんな長さとなった。廃炉を求めたデモの熱狂はうすれ、非常時の緊張は解け、震災直後は節電の必要性を唱えてあれほど暗かった首都も、いまや五輪開催を旗印に、過剰なほどの明るさを取り戻した。人間は、忘れたいものほど、都合よく忘れてしまいがちだ。

そんな私たちの忘れっぽさに、それではいけないと警鐘を鳴らすひとがいる。忘れないためのよすがを、示してくれもする。金原ひとみの『持たざる者』には、震災からしばらくのあいだ日本を覆っていたあの空気感が、タイムカプセルのように濃密に詰められている。読むたびに、それは解き放たれる。読む者に、いまいちど立ち止まって自分のいる場所について思いを巡らせる契機を与えてくれるのが、この小説なのである。

物語は、震災からおよそ三年後を描く。四人のおもだった登場人物が、一章ごとに語り手を担ってリレーしていくかたちで進むが、ゆるやかなつながりを持つ彼らのうち、まず描かれるのは修人というクリエイターである。彼は、震災を機に、順調だった仕事と結婚生活が破綻した経験を持つ。

自身は東京に残り妻子だけを西日本に移住させる、いわゆる母子避難を計画した修人だが、妻は、夫との話し合いを放棄してしまう。クリエイターとしての成功ももたらした、〈「自分の人生のイニシアチブを取っていけない人間は、会社か結婚相手の奴隷にしかなれない。そういう家畜同然の人間を、僕は人間としてカウントしない」〉との修人の思考法は、しかし震災直後の混乱のなかにあって夫婦の合意形成をないがしろにし、妻の不安に寄り添うことを拒んだ。結果、妻の主体的な決断も働いて離婚に至るという皮肉な事態を生んだのである。

そうした修人の姿は、彼と短いあいだ恋愛関係にあった千鶴との対話から浮かび上がってくる。彼女は夫とともに駐在するシンガポールから一時帰国中に、修人と再会して対話を交わす。〈「修人くんてそういう人だよね。君の好きにすればいいって言いながら、相手に自分の思い通りの選択をさせてる」〉

人生を左右する局面、それも平時ではないある極限的な状況において、ひとはどう判断するのか。そしてその判断と行動は、本当に自身の意思によるものなのか。こうした問いかけで始まる本作は、「自分の人生の決定権」をいかに手放さずに生きるかというテーマを、修人、千鶴、エリナ、朱里という四者の姿を通して、繰り返し私たちにつきつけてくるのだ。

思いおこせば東日本大震災は、SNS時代に起きた最初の厄災だったといえるのかもしれない。「絆」というスローガンによって見知らぬ者同士にも強い紐帯《ちゅうたい》と連帯感をもたらした一方で、善意からか悪意からか判断もつかないような情報が氾濫して人々を疑心暗鬼にさせた。そのために、人々は他人の顔色を窺いがちになった。「不謹慎」のレッテル貼りと、均質化の偏重の傾向も加速していく。つねに見張られているような風潮を、息苦しい＝生き苦しいとはっきり表明することすら躊躇させる空気も膨らんでいった。

千鶴の妹のエリナは、常識的な姉から「笑顔担当のエリナ。思慮担当の私」と言われるタイプの女性で、いつも周囲から浮き、居場所を持てないシングルマザーだったが、放射線被害から逃れるようにまずは沖縄、そしてロンドンに移住したことで、同調を強いる日本的な磁場から自由になれた。現地の子供たちの様子を見て、日本の子供が「空気を読む」ことを知らず知らずのうちに身につけすぎていることに気づき、相対化することもできた。

「出る杭は打たれる」という慣用句の通り、異物を排除する傾向がそもそも日本では当たり前の価値観なのだとしたら、いまいる環境の外へと大きく一歩出てしまえば世界はちがって見えるのだということを、エリナは身をもって体現する。場所によっては、出る杭を気にしないという価値観も存在するのだ。

しかしそうした移住が、つねに正しく、簡単にできる選択肢とは限らない。価値観のギャップなどどこであってもついてまわり、言葉の違いによる意思疎通の困難は実存を脅かすほどだ。それを示すのが、千鶴のエピソードである。彼女は海外生活で幼い息子をとつぜん亡くす。おぼつかないフランス語で医師に「私の息子は何パーセントの確率で死ぬんですか?」と直截《ちょくせつ》的に聞き、「ソワッサントプールソン」と答えを得たときに、〈現実に生きている気がしないほど、言葉が分からないというのは訳の分からない事だった。でも今、私の息子は60%の確率で死ぬという医者の口から出た言葉を聞き取った私は、ようやく今の自分の状態を現実として受け入れる事が出来た〉と感じる。断絶されていた世界との関係がもっとも残酷なかたちで取り結ばれた瞬間ながら、千鶴はいまここが夢ではなく「現実」なのだと痛感するのだ。この哀切は、胸を打つ。

言葉が通じない無力さと不便さを超えてでも、外国へ移動する決断ができるのか。それとも同調の空気に圧迫されながら心の奥底で孤独をかみしめるのか——。自分ならどうするだろう、なにを手放すことができるだろうと、読む者は自分の胸に問いかけずにはいられなくなる。

だがしかし、著者は、けっして私たちにひとつの「正解」を提示することはない。「決断する」ということの本質的な困難を問う小説なのだから、それは当然だと言える。第四章で、朱里という人物がフィーチャーされるのにも、そのことがよく表れている。

朱里の物語は、読めばわかるように、直接的には震災となにも関係がない。被災したわけでもなく、よき妻、よき母でいることだけを規範に生きてきて、これまでは決定権を自分以外の誰かに預けたままでも大過なく過ごしてきた朱里だったが、夫との海外赴任が終わり夫の両親との二世帯住宅に帰還しようとしたとき、その安住の地である自宅を、義理の兄夫婦に占拠されていることに気づいて呆然となるのである。

　日本に残していたおもちゃたちが断りなく捨てられていたように、思い描いてきた幸福のかたちが理不尽にも奪われようとする瀬戸際にあって、それといかに向き合えるのかが、朱里には試される。言い換えれば、震災といった一大事でなくとも、ひとは大切にしていたものをとつぜん奪われるのだ。そのとき、手放す勇気だけではなく、守るためにそこを動かないこともひとつの戦いとなる。

　つまるところ、『持たざる者』は、間違いなく震災と原発事故後の日本を描いている作品ではあるが、「震災小説」としてのみとらえると、作品を矮小化《わいしよう》することになるだろう。四人はそれぞれが、人生においてなにかを決定的に失う。修人は仕事や結婚生活を。千鶴は子供を。エリナは地縁や人の縁を。朱里は理想としていた家のかたちを。彼らのその姿から、私たちは、自分がいざというときになにを持っていたいだろうかと反芻《はんすう》することになる。家族や生活環境、思い出、自尊心、富、希望……？　ではそのためにあなたたならどう戦えるのかと、本作はしずかに問うてくるのだ。それはエリナがいう〈世界が信じられなくなる感じ〉のする震災という局面のさらに向こうの、人生におけるプライオリティの話である。

金原ひとみは、これまでの作品で――身体の改造、摂食障害、離人症の感覚をテーマとした初期から、子育ての絶望と喜びを三人の母親がそれぞれに語る『マザーズ』、未成年の甥との破滅的な関係を描いた『軽薄』まで——、一人称の女性視点で、著者自身が投影されていると読者が想像するような女性主人公たちを、熱量高く描き出すことを得意としてきた。しかし本作では、得意の一人称の形式を用いながら、修人は千鶴からの切り返しの視点で照射され、また、エリナの自由で本能的な行動と思考が、姉やコンサバティブな朱里の目には常識知らずと映るように、登場人物たちは立体的に造形される。自分から見る目と他者が見る目はべつの視座を持ち、べつの印象をもたらす。一人称の目を持つ個人が、他者とゆるやかな関係を取り結びながら集団を形成し、そのなかで軋轢《あつれき》と連帯が生まれていくという構造は、現実社会そのものの写し絵であろう。この小説は、世界そのものなのだ。

本作で金原は、震災を「物語」としては消費しなかった。ただ、震災を境にこの国を厚く覆いつくしていった不寛容と同調圧力のムードを、冷徹に描いてみせたのだ。それはたしかに現在までつながっている。社会と人間の関係をつねに見通すこの作家の目を、私たちはこれからも羅針盤とするだろう。

（えなみ・あみこ　書評家）

本書は二〇一五年四月、集英社より刊行されました。

初出　「すばる」二〇一五年一月号

金原ひとみの本

蛇にピアス

蛇のように舌を二つに割るスプリットタンに魅せられたルイは舌ピアスを入れ、身体改造にのめり込む。第27回すばる文学賞、第130回芥川賞W受賞作。

（解説・村上　龍）

集英社文庫

金原ひとみの本

アッシュベイビー

好きです。大好きです。だから、お願い。私を殺してください——。主人公アヤの歪んだ純愛は、存在のすべてを賭けて疾走する。欲望の極限にせまる恋愛小説の傑作。（解説・斎藤　環）

金原ひとみの本

AMEBIC アミービック

作家である「私」のパソコンに残された意味不明の文章＝錯文。錯乱した状態の「私」が書き残しているのだが、しかしなんのために？「私」が抱える孤独と分裂の行き着く果てとは……？

集英社文庫

金原ひとみの本

オートフィクション

22歳の作家が、自分の過去を題材に小説を書き始めた。小説は現在から過去へと遡り、15歳の話で終わる。過去は彼女の何を変えたのか。彼女は過去の何を変えたのか。渾身の異色作。

（解説・山田詠美）

集英社文庫

金原ひとみの本

星へ落ちる

彼氏の浮気に不安を覚える『私』、彼氏に女の影を感じて怒る『僕』、うちから出て行った彼女を待ち続ける『俺』。想いが募れば募るほど胸が苦しくなる恋愛を描いた連作短編集。

（解説・いしいしんじ）

集英社文庫

集英社文庫

持《も》たざる者《もの》

2018年5月25日 第1刷
2022年10月19日 第2刷

定価はカバーに表示してあります。

著者 金原《かねはら》ひとみ

発行者 樋口尚也

発行所 株式会社 集英社
東京都千代田区一ツ橋2-5-10 〒101-8050
電話 【編集部】03-3230-6095
【読者係】03-3230-6080
【販売部】03-3230-6393(書店専用)

印刷 大日本印刷株式会社

製本 大日本印刷株式会社

フォーマットデザイン アリヤマデザインストア　マークデザイン 居山浩二

ISBN978-4-08-745737-7 C0193